最強の職業は勇者でも賢者でもなく鑑定士（仮）らしいですよ？

著 あてきち
ATEKICHI

Illustration：しがらき

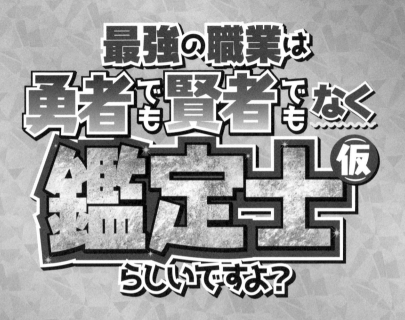

バルス
冒険者ギルドのギルドマスター。筋肉について一家言を持つ。変な趣味があるとかないとか……。
ジュエル
冒険者ギルドの副ギルドマスター。猫耳がトレードマーク。受付嬢としても活躍中。
真名部響生《マナベヒビキ》
本編の主人公。突然異世界に召喚された高校生。職業「鑑定士(仮)」……仮ってなんだ!
エマリア
精霊の加護を持つエルフ。行き倒れ寸前のヒビキを助けてくれる。実は友達が少ない。

主な登場人物
Main Character
ターニャ
宿屋『微笑の女神亭』の受付嬢。外見は癒し系だが、茶目っ気のある性格。
ヴェネ
ヒビキの前に突如現れた白猫。人語を話す時点で普通じゃない！
クロード
狼の獣人種。奴隷として商館に住まわされるが、重傷を負っており商品価値は皆無。
リリアン
いつもクロードに寄り添う少女。不思議な力があり、家族からも恐れられ奴隷に身を落とす。

どこまでも真っ白な空間。その空間には黄金《おうごん》の装飾が施された玉座《ぎょくざ》があった。

小麦色の肌、金の髪を持つ青年が足を組んで玉座に座り、肘掛《ひじか》けに右肘をつきながら、正面に置かれた大きな鏡を眺めていた。

しかし、そこに映るのは青年の顔ではなく一人の少年。寝坊したのか、慌てて家を飛び出す黒髪の少年だった。

「……やっぱり上手くいかなかった。間に合わないように寝坊させたり、コンビニに寄りたくなるようにいろいろ手を回したのになぁ。お兄さんにもこれ以上は干渉《かんしょう》できないよ」

鏡を見ながら大きくため息をつく青年は、不機嫌《ふきげん》そうに少年を見ていた。

「まあ、あの子の巻き込まれ体質はどうやったって変えようがないってことだね。仕方がない、とりあえず対処しようかな」

青年は空《あ》いていた左手を空中でクルクルと回した。そこには何もなかったが、青年には何かが見えているようで、左手の指で何かを操作していた。

「落ちる場所は、他の子達とは真逆の環境にしようかな。完全に周囲から離しておいた方が面倒事に巻き込まれる危険も減るでしょう。あ、でもそうなると一人か。……ちょうどいいや、そろそろどうにかしようと思っていた子が二人いたんだよね。あの子達に手伝ってもらって、剣と盾となってもらおうっと」

さっきまでの不機嫌さを忘れたように、青年はニヤニヤしながら独り言を呟《つぶや》き、何もない空間に向かって指をクルクルと回し続けた。

「さて、そうなるとあとは職業か。何がいいかな？　どうせどの職業に就かせても戦闘には向かないからなぁ。本人の気質を考えると……一番近いのは、鑑定士《かんていし》かな？」

青年は再び指をクルリと回す。しかし、その指は何かに当たったようにピタリと止まった。

「ありゃりゃ、正式な鑑定士はやっぱり無理か。まあ、元々この子に職業なんて意味ないもんなぁ。仕方がない。じゃあ、（仮）ってことで！　……どうかなぁ？　お！　よし、上手《うま》くいった！」

止まっていた指が再び動き出すと、青年はニコリと笑った。

「よし、準備完了。まあ大変だとは思うけど頑張ってね。人生を楽しんで」

全ての作業を終えた時、青年の正面にあった鏡から眩《まばゆ》い光が放たれる。

光が収まったとき、鏡に映ったのはやはり先程の少年。

しかし、少年のいる場所は到着したばかりの学校ではなく、草原だった。だだっ広い草原でスヤスヤと寝息を立てている。

「ようこそ、異世界へ。君の人生に幸あらんことを願っているよ。……約束だしね」

青年は鏡に映る少年を、ただ優しく見つめていた……が。

「……でも、きっと面倒なことになるんだろうなぁ。ハア」

それはそれは深いため息をついてこれからの未来を嘆《なげ》いた。

◆　◆　◆

雲ひとつない澄《す》み切った青空。普段見ている空とはあまりにもかけ離れて美しく、大気汚染なんて全くないと思わせるほどの透明度だった。

――ここは日本じゃない。

意識を取り戻した俺が、視界いっぱいに広がる空を見て、直感的に思ったのはそんなことだった。

俺の名前は真名部《まなべ》響生《ひびき》。

どこにでもいる普通の高校生だ。ちなみに高校二年生の十六歳。

どうやら俺は地面に大の字になって寝転がっているらしい。起き上がってあたりを見回すと、そこはだだっ広い草原だった。俺以外には誰もいないようだ。

「なんでこんなところにいるんだろう？」

確か俺は遅刻しそうになって教室へと急いでいたはずだ。明日から夏休みだというのに、居残りなんてさせられたら敵《かな》わないと焦《あせ》っていた。

そういえば教室に入る寸前、大きな声が聞こえたような。教室がやけに光っていたような気もするけど……。

うん、覚えてないな！　覚えてないものは仕方がない、諦《あきら》めよう。

さっきも言った通り、あたりは目印ひとつない草原だ。木の一本すら見当たらない。

正直、どうして俺がこんな場所にいるのか訳が分からないが、とりあえず歩いてみよう。

俺の服装は半袖のカッターシャツとスラックス。頭にはタオルを被せて帽子の代わりにした。ちなみに夏服だったから学ランはない。

幸い、リュックが傍《かたわ》らに転がっていた。中には登校中に買ったパン二個と五百ミリペットボトルの水が二本入っている。二、三日なら大丈夫だろう。

すぐに人でも見つかればいいんだけど……。


さて、スマホの時間は午後七時くらいになった。あれから休みなく歩いたというのに成果なし。

もう、足が棒《ぼう》だよ。

今日一日で八時間くらいは歩いた。歩行速度はおよそ時速五キロだと思うから四十キロくらいは歩いたはずなのに、何も見つからなかった。

太陽の位置で方角を確かめようと思ったけど、いつも太陽は真上にあった。意味が分からず歩いていると、気が付いたら日が暮れているって何？

あたりは真っ暗。日暮れと時計のタイミングは合っていたけど、偶然だろうか？

スマホの電波は圏外《けんがい》だしなぁ。まあ、こんな場所では仕方がないか。

でも、なんて広い草原なんだろう。それとも同じところをグルグル歩き回っただけ？

コンパスでもあればなぁ。ＧＰＳが利《き》かないから、コンパスアプリも使えやしない。

本当にここはどこなんだろう？

ハハ、考えたところで結論なんて出るわけがない。仕方がないので今日はもう休むことにした。

火を起こす道具はないけど、必要なさそうだ。

この草原には動物が一匹も見当たらなかった。今もそれらしい気配はしない。これなら火がなくても安心して眠れる。

昼にパンを一個食べてしまったから夜は我慢《がまん》だな。水はあと一本と半分。腹の虫がうるさいけど大切にしないと。

明日は何か見つかるといいんだけど……。

おやすみなさい、ぐぅ。


温暖で過ごしやすかった昨日とは打って変わり、今日は真夏日のような暑さだ。

雲ひとつない快晴で、日差しは強く今も額から顎《あご》にかけてダラダラと汗を垂らしていた。

カッターシャツも大量の汗を吸ってベタベタだ。水は貴重だから体を洗うこともできやしない。

暑さによる疲労から口で息をする。そうすると喉が渇く。

この状況で熱中症にでもなったら堪《たま》らない。水を飲まないわけにはいかなかった。

今日の移動距離は昨日の半分ほどかもしれないな。明らかに歩く速度が遅くなっている。

今日も成果なし。まるで景色が変わらないので焦る。昨日と同じで動物の一匹も出てこない。これだけ広い草原で動物も、虫さえ見当たらないってどういうことなんだろうか。

残りの食料はパン一個と水がペットボトル半分。

せめて水場だけでも見つけないと……。つかれた。おやすみなさい、ぐぅ。

三日目の明け方。スマホの時計は午前四時。あまりの寒さに目が覚めてしまった。身体がガタガタと震えている。異常気象じゃない？　絶対にこの気温は一桁だよ！　意味が分からない。一昨日は春、昨日は夏、今日は冬ってか？　同じ草原の中でコロコロ季節が変わりすぎじゃないの？

昨日の汗でベタベタの制服を着ていたから、余計に寒さを感じた。

正直きつい。前日の猛暑に対して今日の寒波。温度差に体がついていかない。

二日分の疲労と空腹のせいで、足が鉛《なまり》でも仕込んでいるように重く感じた。

羽織《はお》れる物といえばタオルくらいしかない。首元にタオルを巻いて少しでも寒さを凌《しの》ぐ。まあ、あまり効果はないけどね。

両腕で体を抱きながら重い足取りで草原を歩いた。当然、長距離なんて歩けない。

昼休憩をして最後のパンを頬張《ほおば》る。幸いと言っていいのか、寒さのせいもあってあまり喉は渇《かわ》かなかったので水を節約できた。

そうは言っても必要量の水分補給はできていないのだから、脱水症状に注意しなければ。

とりあえず一口だけ水を飲んで一息つく。

周囲は未だに代わり映えしない草原だ。山も見えなければ川もない。ただただ草原が広がるだけだ。

鳥はいないかと空を見ても視界に映るのは空ばかり。思わず俯《うつむ》いてため息をつく。

目印っぽい物はこの三日間で何も見つからなかった。景色も全く変わった気がしない。

悔し気に草原を睨《にら》んでいると、向こうの草がカサカサと揺れた。

「え？」

揺れた草の方をじっと見つめると、何かの影が見えた。影は草の向こうで動いているようだ。

ようやく草以外のものを見た。

座り込む俺の正面、五十メートルくらい前方に動物がいた。

遠くてはっきりは見えないけど、多分白いウサギではないかと思うんだけど……。

「あのウサギ、角《つの》が生えてる？」

声に出したのがいけなかったらしい。

草を食べていたウサギは、パッとこちらへ顔を向けたかと思うと、猛スピードで駆け出し、そしてものすごい跳躍力で飛び掛かってきた！

「うわあああああ⁉」

俺は咄嗟《とっさ》に右へ飛んでなんとかかわしたが、地面に置きっぱなしのリュックが無残にもウサギの角に貫かれてしまう。

ウサギはリュックから角が抜けずにもがいていた。このまま逃げ出したいが、リュックを置いていくわけにはいかない。あんなウサギくらいどうにかしなくては！

それにしても……。

「あのウサギは何なんだ!?」

【技能スキル『鑑定レベル1』を行使します】

【名　前】ホーンラビット
【性　別】オス
【レベル】1
【ＨＰ】28／30
【ＭＰ】5／5
【ＳＰ】5／5
【物理攻撃力】15
【物理防御力】12
【魔法攻撃力】0
【魔法防御力】5
【俊敏性】50
【知　力】5
【精神力】5
【運】10
【備　考】動きは素早いが単調。頭は悪い。角以外は普通の動物と同じ耐久力。

「⁉　何、これ⁉」

頭の中で急に声がして、変な文字や数字が浮かび上がった。スキル？　鑑定？

『ホーンラビット』……あのウサギのことか？　何なのか分からないが、ウサギ改めホーンラビットがリュックから抜け出す前に、なんとかしなくては！

表示されている内容が本当なら、素手でなんとかできるはずだ。心臓の高鳴りを全身で感じながら、全速力でホーンラビットに向けて走り出した。

そして、動けないホーンラビットの腹を、全力で蹴り上げてやった。

「ギュワンッ！」

奴はリュックに気を取られすぎて、俺に全く気が付くことなく無防備にキックを受ける。

リュックから角が外れ、ホーンラビットは少し離れたところに転がった。恐る恐る近づくと、ピクピクと痙攣《けいれん》していたが、しばらくして全く動かなくなった。

どうやらあの一撃で死んでしまったようだ。

頭の中に浮かんでいた画面を確認すると、奴のＨＰが『０／30』となっていた……。

改めてホーンラビットを眺めると、瞳は完全に光を失っている。

安心してホッと息を吐《は》くが、命の危険を回避するためとはいえ殺生《せっしょう》に対する嫌悪感《けんおかん》が大きい。できればもうやりたくないな。

それにしてもさっきのアレは何だったんだろう？　『スキル』とか『鑑定』とか突然声が聞こえ

たと思ったら、攻撃力だの防御力だのといった数字がたくさん頭に浮かんできたけど。

もう一回できないかな？　どうやったんだっけ……えーと、そうだ！

「あのウサギは何なんだ？」

さっきホーンラビットを見ながら言ったことと同じ言葉を口にしてみた。

【技能スキル『鑑定レベル１』を行使します】
【名　前】ホーンラビットの肉（未解体）
【備　考】死にたてのホーンラビットの肉。鮮度ランクA。煮物にすると美味《おい》しい。

おお、出た！　……あれ？　でもさっきと内容が違う。名前も『ホーンラビット』から『ホーンラビットの肉』に変わっている。まあ、死んじゃったら攻撃力も防御力も関係ないか。

でも本当にできた。『鑑定』か。何でこんなことができるんだろう？　もっと試してみるか。

「これは何だ？」

俺はすぐそばにあったリュックを鑑定してみた。

【技能スキル『鑑定レベル１』を行使します】
【名　前】背負い袋
【備　考】この世界には無い未知の素材で作られた背負い袋。穴が開いている。

対象や言葉が変わっても問題ない。というか未知の素材ってどういうことだ？　リュックの素材なんてポリエステルとかの化学繊維《せんい》だろうに。

うーん、考えても分からないな。仕方ない、もう少し試そう。今度は言葉にしなくても鑑定できるか試してみようかな。何がいいかな？　……あれにするか。

（よーし、鑑定！）

【技能スキル『鑑定レベル１』を行使します】
【名　前】食べかけのパン
【備　考】三日月のような形のパン。二十七層の生地のサクサク食感。鮮度ランクＢ。

上手くいった！　そうか、俺のクロワッサンは二十七層か。五十四層くらいあるとよかったな。

とりあえず『鑑定』の検証はこのくらいにして、クロワッサンを食べる。

興奮して忘れていたけど今日はとても寒いのだ。食事をして少しでも体温を上げないと。

さて、パンを食べ終えて出発しようと思ったわけだが、ホーンラビットの肉はどうしようか。火も刃物もないけど、重要なタンパク源だ。

「気持ち悪いけど持っていこうかな。食料にできるかも……」

最悪、生肉でも頑張れば食べられるかもしれない。

さっき、『鑑定』に鮮度ランクという表示があった。多分Aに近い程鮮度が高いってことだろう。

ホーンラビットの鮮度ランクはAだ。今なら十分食料にできる。……よし、持っていこう。

コンビニ袋にホーンラビットを詰めた。うう、死んだ目が怖い。閉じてくれないかな？

さて、これからどっちに進もうか。一昨日からずっとそうだが草原しか目に映らない。

……『鑑定』で何か分からないかな？　ホーンラビットのいた方角に『鑑定』を使ってみよう。

確か左の方だったな。よし、左を向いて『鑑定』発動！


【技能スキル『鑑定レベルー』を行使します】

【鑑定対象がありません】


上手くいかないかぁ。くっそーー、それじゃあ空に向かって『鑑定』発動！


【技能スキル『鑑定レベルー』を行使します】

【鑑定対象がありません】


くそおお！　こっちも何も無しか！　もうヤケクソだ、地面に向かって『鑑定』発動！

【技能スキル『鑑定レベルー』を行使します】

【名　前】メイズイーター
【レベル】273
【詳細の鑑定に失敗しました】

……見てはいけないものを見た気がする。ちょっと、違うところの地面も確認してみようかな。

【技能スキル『鑑定レベル1』を行使します】
【名　前】メイズイーター
【レベル】273
【詳細の鑑定に失敗しました】

……うん、見なかったことにしよう。実際、どういう意味かよく分からないし。
サテ、ドッチニイコウカナ。
は!?　そういえば、俺自身を鑑定ってできるのかな？　一応やってみるか（現実逃避中！）。
「俺に、『鑑定』発動！」

【技能スキル『鑑定レベル1』を行使します】
【名　前】真名部響生

【性　別】男

【年　齢】16

【種　族】ヒト種

【職　業】鑑定士（仮）（レベル1）

【レベル】1

【ＨＰ】55／101

【ＭＰ】35／35

【ＳＰ】38／65

【物理攻撃力】36

【物理防御力】15

【魔法攻撃力】21

【魔法防御力】23

【俊敏性】55

【知　力】38

【精神力】50

【運】60

【固有スキル】『識者の眼レベル1』『チュートリアルレベル1』

【技能スキル】『鑑定レベル1』『辞書《ディクショナリー》レベル1』『世界地図《ワールドマップ》レベル1』『翻訳レベル1』

【魔法スキル】『魔導書《グリモワール》レベル１』『宝箱レベル１』
【　称　号　】『異世界の漂流者』

どうやら自分の鑑定もできるみたいだ。

ホーンラビットの鑑定結果を見る限り、ＨＰが生命力だな。歩き詰めのせいか結構減っているな。

他にＳＰというのも減っているけど何かな……『鑑定』を使ったから減ったのかな？

ちょっと『鑑定』を使ってみるか。

【技能スキル『鑑定レベル１』を行使します】
【　名　前　】薄手の手提《てさ》げ袋
【　備　考　】この世界にはない未知の素材で作られた袋。水を弾く。耐久力は低い。

ふむ、コンビニ袋の素材も未知の扱い？　これもポリエチレンだったと思うんだけど。

まあいいか、とりあえず再度自分を鑑定してみよう。

自己鑑定の結果、さっき38／65だったＳＰが、32／68に減少していた。

「やっぱり『鑑定』をするとＳＰが減るんだな」

『鑑定』一回につきＳＰを３消費するらしい。コンビニ袋と自己鑑定で６消費したってことか。

回復方法とかあるんだろうか？　使い切ったら終わりとかだと困るんだけど。

とりあえず他の内容も確認するかな。

職業の鑑定士（仮）って何だろうか。（仮）って……。鑑定士じゃないってこと？

じゃあ、何なのさ！　もう少し分かりやすくしてくれ、『鑑定』さん。

次は攻撃力だけど、ホーンラビットよりは強いみたいだ。でも基準が分からないから、強いんだか弱いんだか判断できないな。……これも保留だなぁ。

次はスキルか。

固有スキルとか技能スキルとか言われても分からないけど、どう違うんだろう？　それにスキルの名前だけ知らされてもどういう物か全然分からないし。

この固有スキル『識者の眼』ってどんなスキルなんだろうか？

「『識者の眼』発動！」

……あたりを静寂《せいじゃく》が包む。静かだ。恥ずかしい！　居た堪れない！

『鑑定』のときは口にしたら使えたからこれもいけると思ったけど……。

誰も近くにいなくて本当によかった！　『チュートリアル』も口にしてもダメかな？

「『チュートリアル』発動！」

……うん、静かだ。やっぱりこれも口にしても……。


【固有スキル『チュートリアルレベル1』はすでに行使されています】

なんか聞こえた！

え、え？　すでに行使されている？　全然分かんない。

『チュートリアル』さん、どういうことなの？　教えてくれ！

……答えてはくれないのね。ハァ、仕方がない。他のスキルも見てみるか。

『鑑定』以外のスキルは、『辞書』『世界地図』『翻訳』『魔導書』『宝箱』か。正直名前だけじゃやっぱり分からないな。

でも、この『世界地図』は地図だよね？　草原を抜けられるかも。よし、使ってみよう！

「『世界地図』発動！」


【技能スキル『世界地図レベルⅠ』を行使します】


使えた！　頭の中に丸い画面が浮かび上がった。レーダーみたい。

全面が赤く染まり、中心が青く点灯している。よく見ると青点には白線が続いていた。

多分青点は俺自身のことだ。この白線はもしかして俺が歩いた跡を示している？

縮尺は？　白線は画面の端まで続いている。もっと広い範囲で見られれば、俺がこの二日間どう歩いていたのか分かるんだけど……。

俺がそう思っていると、急に画面が変化した。俺の希望に沿って縮尺を変更してくれるらしい。

調整が終わったようで改めて画面を見た俺は、目を見開き驚いた。

「同じところをグルグルグルグル……何十周していたんだ、俺」

白線は何重にも円を描いていた。俺は全然移動なんてしていなかったのだ。

唯一円から外れているのは、ホーンラビットに遭遇した今の位置くらいだ。

どうなってるの俺の方向感覚。ここまで綺麗に円を描いて歩けるなんて、ある意味すごいよ！

『世界地図』があって助かった。これでこの草原を抜け出す算段が付きそうだ。

とりあえず他のスキルの確認は、草原を抜けてからでもいいかな。どれもここでは役に立ちそうにないし。でも『レベル０』って何だろうか？　これだけ試してみようかな。

「『魔導書』発動！」


【技能スキル『魔導書』は発動基準を満たしていないため使用できません】


やっぱりレベル０だと使えないんだ。じゃあ『宝箱』っていうスキルも使えないのか。

金銀財宝が出てくるスキルかな。お金があってもここじゃ役には立たないから別にいいけど……。

それじゃあ出発しようかな。『世界地図』を見ながらなら、迷わず進めそうだ。

よーし、今日中に草原を脱出するぞ！　レッツゴーー！


……うん、正直逃げてました。『鑑定』を見たとき、本当は最初に見えていましたとも。

ああ嫌だ、現実を直視したくない。知りたくなかった……。

称号の『異世界の漂流者』。日本どころか地球でもないよ、ここ！

ホーンラビットが出てきた時点で気づくべきだった。何がどうなってるんだよ！

「異世界」って何なの⁉　教室のドアを開けたらそこは異世界でしたってか？　じゃあクラスのみんなもここにいるの？　みんなバラバラ⁉　……それ、やばくね？

急に友人達が心配になってきた。

親友の大樹《たいき》は無事だろうか？　幼馴染の亜麻音《あまね》とその親友の恭子《きょうこ》ちゃんは大丈夫かな？　もしかしてこの草原にみんなもいるのか？

でも、三日経っても誰一人として会えないってことは、近くにはいないのかも。

後ろ髪を引かれる思いだったが（髪短いけどね）、俺は進むことにした。

ホーンラビットを見かけた方角へ行こう。正しい方角なんて分からないけど、ホーンラビットは草原の外から来たのかもしれない。淡い希望にかけてみることにした。

◆　◆　◆

三日目の午後二時。未だ景色が変わる様子はない。

地図も真っ赤な画面のまま青点が白線を引き続けている。多分だけど、この地図の縮尺は俺を中心に半径五キロくらいだと思う。

今の俺の歩行速度が時速三キロくらいと想定すると、それくらいかな。

それにしても、これだけ広い草原で昼間のホーンラビット以外の動物に遭遇しないのはなぜなんだろう？　虫の声すら聞いていない。


午後五時を回った。正直もうクタクタだけど、少しだけ変化があった。

昼間よりも暖かくなってきた気がするし、今まで平らだった地面に少し傾斜が出てきた。百メートルくらい先が丘になっていて向こう側が見えない。

肩で息をしながら丘を登る。これで何もなかったらもう倒れてしまうかも……。

俯きながら無心に歩く俺の耳に、「カァー、カァー」というカラスのような鳴き声が聞こえた。

バッと顔を上げて、丘の向こうを目指して全力疾走した。思ったより急勾配《きゅうこうばい》だったが、そんなことを気にしていられない。

「ハァハァ、なんとか、登り、きった……あっ！」

丘の頂上から見える景色に声を上げた。丘を下った先に舗装《ほそう》された石畳の街道が見えたのだ。

「や、やったー！　草原を抜けたんだ！」

喜びのままに丘を駆け下りすぐさま街道に足を乗せた。嬉しさと疲れから街道に寝っ転がり大の字になる。このまま眠ってしまいたい……。

草原を脱出できた俺は喜びのあまり、『世界地図』に新たな点が浮かび上がっていることに全く気が付いていなかった。

「M＃wy、k＄q＋b：Q！」

聞きなれない言葉に、俺は声の方へ顔を向けた。草原とは反対側から人が駆け寄って来る。

その姿を見た俺は目を見開いた。

そこに現れたのは、輝くような黄金の髪を靡《なび》かせる美しいお姉さんだった。だが俺が凝視したのはその美しい容貌ではなく、お姉さんの左右にある尖《とが》った二つの耳だった。

「P＆＃＄KLtr＊D？」

お姉さんの耳も気になるけど、何言ってるのかさっぱり分からない。どうしよう……。

【技能スキル『翻訳レベルⅠ』を行使します】
【翻訳対象：エクトラルト語】

「君、聞いてるの⁉」

「えっ⁉　あ、はい……」

突然お姉さんの言葉が理解できるようになった。勝手にスキル『翻訳』が発動したらしい。

「あなた、今あの丘から降りてこなかった？」

なぜかお姉さんはとても不審そうな面持ちだ。どうしたんだろう？

……それはそうと、寝転がってる俺の視界が大変なことに。お姉さんの胸が、物凄《ものすご》い！

多分測ったら三桁いくんじゃない？　幼馴染の亜麻音なんて絶壁もいいところだぞ。

……うん、ここに俺一人でよかった。あいつ、胸のことになると神懸《かみがか》り的に反応するから。目の前にいたら飛び蹴りものだった。危なかった……。

あ、俺が余計なことを考えていたせいで、お姉さんが待ちくたびれてしかめっ面だ。

「質問に答えなさいよ！」

「ああ、ごめんなさい。そうですよ。あの草原から出てきました」

正直に質問に答えると、お姉さんは「信じられない」と言いたそうな顔だ。俺と草原のほうを交互に見比べている。この人、なんで俺に声を掛けてきたんだろう？　鑑定してみるか。

【技能スキル『鑑定レベル1』を行使します】

【名　前】エマリア・ステインバルト
【性　別】女
【年　齢】56
【種　族】妖精種（エルフ）
【職　業】精霊射手《スピリチュアルアーチャー》（レベル18）
【レベル】21
【ＨＰ】247／310
【ＭＰ】462／565
【ＳＰ】159／233

【物理攻撃力】135
【物理防御力】90
【魔法攻撃力】378
【魔法防御力】321
【 俊敏性 】350
【 知 力 】155
【 精神力 】204
【 運 】40
【固有スキル】『精霊の聞き耳』
【技能スキル】『精霊弓術レベル3』『命中補正レベル3』『連撃レベル2』
【魔法スキル】『風魔法レベル3』『水魔法レベル2』『土魔法レベル1』『植物魔法レベル1』
【 称 号 】『精霊の森の狙撃手』

このお姉さん、俺より断然強いや。襲われたら勝てないなぁ。

ていうか、五十六歳なの!? どうみても二十代前半くらいにしか見えないよ?

それに種族も俺のヒト種と違う。妖精種って何? でも、エルフっていうのは聞いたことあるぞ。

『エルフは長命でずっと若くて美人なんだぜ!? 結婚するならエルフがいいな! 萌《も》える!』

確か親友の大樹がそんなこと言っていたような。『もえる』って、何が燃えるんだ?

そういえば字が違うとかなんとか言ってたような……何だったかな？

「君、本当にこの草原から……『メイズイーターの草原』から出てきたの？」

お姉さん改めエマリアさんは、草原のほうを見ながら問いかけてきた。

「？　そうですよ？　ところで『メイズイーター』って何ですか？」

「はあ!?　あなたメイズイーターが何か知らずにこの草原に入ったの!?」

「入ったというか、いつの間にか居たというか……」

「……どういう意味？」

「さあ？　本当に気がついたらあの草原に寝転がってて……」

俺が説明してほしいくらいだ。「教室のドアを開けたらそこは異世界の草原でした」なんて、どこで誰に言っても「ちょっと、脳の解剖《かいぼう》でもしようか？」と言われるに決まっている！

「……嘘はついていないみたいね」

ん？　今、俺を見つめて耳に手を添えただけだよね？

それでどうして信じてくれたんだろう？　まあ、いいか。ふぅ、と安堵《あんど》の息を吐く。

「それで、どうしてこんなところに大の字になって寝てるわけ？」

「やっと草原を抜けた安心感と疲れてもう動きたくないからですかねぇ」

「あの草原を抜けるんだもの、疲れて当然ね。それにしてもよく脱出できたわね」

「あの、メイズイーターっていうのは……？」

「いい？　あの草原は『メイズイーターの草原』と呼ばれる、土地の姿をした魔物よ。メイズイーターは草原に擬態《ぎたい》して、入って来た獲物を捕食するの。直接襲いはしないけど、代わりに絶対に草原から出さない。一度草原に入った者は、メイズイーターの固有スキル『終わりなき旅路《エンドレスジャーニー》』で方向感覚を失い、同じところをうろうろして、最終的に力尽きて死んでしまうのよ。メイズイーターはその死体を栄養分として捕食するの」

……『世界地図』で見た俺そのままではありませんか!? や、やばかった!

改めて地図を見ると、草原の部分だけが赤い。街道を挟んだ反対側は灰色で表示されている。赤色は魔物を示しているってことか。

俺は草原の方を見ながら顔面蒼白《そうはく》になってしまった。

「本当に知らなかったのね。そんな青い、いえ白い顔しちゃって可哀相《かわいそう》に」

哀れな子羊を見るような眼をしたエマリアさんに俺は引きつった笑顔しか見せられなかった。

「大変だったのは分かったけど、そろそろ立ちなさい。もう日が暮れるから野営しないと」

「えーと、付いていってもいいんですか?」

「仕方ないでしょう。君、見たところ武器もないようだし。この辺に魔物はいないけど、夜盗が出ないとは言い切れないしね。それに子供を放っておくなんて大人としてできないわ」

……コドモ? 思わず首を傾げてしまった。え? 子供? 俺が?

「あの、俺のこといくつだと思って……」

「まだ十三歳、いえ十一歳くらいでしょう? 安心しなさい、ちゃんと守ってあげるわよ」

「いや、俺もうすぐ十七歳になるんですけど……」

「もう、何を言ってるの、君？」

「本当ですって！」

あ、またさっきと同じように耳に手を添えた。何か意味があるのかな？

しばらくすると、エマリアさんは驚愕《きょうがく》の表情で俺を凝視して叫んだ。

「嘘……信じられない。こ、こんな、こんな小さい子が、もう成人しているなんて！」

エマリアさんは、俺がメイズイーターの草原から脱出した時以上に大きな声を上げていた。

◆
◆
◆

こんばんは。異世界の漂流者、真名部響生です。年齢は十六歳、あと二ヶ月くらいで十七歳になる高校二年生です！

身長百六十六センチ、体重五十七キロと、体格が小さいことは自覚しているものの、今まで小学生に間違えられたことは全くなかった。

繰り返します、全くなかったんですよ！

「ご、ごめんなさいね。まさかその身長でもう成人していたなんて思いもしなくて……」

ぐふっ！　金髪エルフのお姉さんがまたしても俺の精神を抉《えぐ》る一撃を！

どうもこの世界のヒト種の、成人男性の平均身長は百八十センチ前後らしい。

百六十センチ台の大人はかなり珍しいらしく、つまりこの世界の十二歳前後の子供の平均身長がそれくらいで……。

ちなみに、エルフのエマリアさんの身長は百七十三センチだそうです。

煌《きら》めく美貌とモデルのような高身長、すらっと伸びた美脚。形の整った美巨乳。もちろん腰はキュッと締まっていますとも！

容姿のコンプレックスなんてないんでしょうね、エマリアさんは。くっ！

「キニシナイデクダサイ。ダイジョウブデス」

「そんな片言で言われても……」

あと、この世界では十五歳からもう成人らしい。つまりこの世界で俺は大人なわけで……。

きっと、これからも子供に間違えられるんだろうなぁ。大きなため息をつかずにいられない。

俺達が野営をしているのは街道から少し離れた場所だ。

この二日間寒暖の差が激しかったけど、今は快適だ。それもメイズイーターの固有スキルの影響だったみたい。

環境を操作することで、獲物が早く息絶えるように仕向けているそうだ。

「そ、それはそうとホーンラビットの肉を提供してくれてありがとう。私も食料が尽きてしまって困っていたところなのよ。この辺は獲物が寄り付かなくて……」

ちょっと落ち込みすぎたみたい。エマリアさんが俺の気を紛《まぎ》らわせようと必死だ。

わたわたと慌てる様子が大変可愛らしい。流石に気遣いを無駄にはできないな。

「俺もホーンラビットの解体をしてもらえて助かりました。ありがとうございます」

ペコリと頭を下げて笑顔でお礼を言った。エマリアさんも安心したのかホッと息を吐く。

「それじゃあ、お互い様ってことで食べましょう。もう十分煮えているはずよ」

ホーンラビットの肉を使って、エマリアさんが煮込みスープを作ってくれた。その辺の草や木の実を混ぜ、手持ちの調味料で作ったサバイバルな感じのスープだ。

香りはコンソメスープに似ている。食べられるなら何でもいいと思っていたけど、これは予想外だ。腹ペコ全開の俺は我慢の限界です！

――ぐぎゅるるるるるるるるるるるるる！

「さあ、召《め》し上がれ」

「いただきます！」

俺の腹の虫を聞いて苦笑するエマリアさんにスープをよそってもらった。

スプーンを使わず、器《うつわ》からスープを一気に口に運んだ。食べるというより、空っぽの腹に栄養を流し込む作業に近い。空腹すぎてスープの味を楽しむ余裕なんてなかった。

スープの熱さにも気が付かず、ものの一分で平《たい》らげると俺はお代わりを要求した。

そんな俺に、口をぽかんとさせていたエマリアさんは、まだスープを一口も食べていなかった。

苦笑しつつもお代わりを用意してくれるエマリアさんに感謝しつつ、最終的にスープの八割くらいは俺の腹に収まった。

「ごちそうさまです。おなかいっぱいだ～」

三日ぶりの満腹感に浸った俺は、お腹を押さえて横になった。ちょっと一休み。

まあ、当然というか何というか、三日分の疲れが一気に来たようで、俺はそのまま朝まで熟睡《じゅくすい》してしまった。

◆　◆　◆

もう眠ってしまったのね。会ったばかりの私の前でこんなに無邪気《むじゃき》な寝顔を見せて、なんて無防備な子なのかしら。……違った、成人しているんだったわ。なら、尚更よね。

私、エマリア・ステインバルトがこの場にいるのは偶然ではなかった。

固有スキル『精霊の聞き耳』――私は精霊の声を聞くことができる。

この世を統《す》べる神々に仕える精霊達は他者の嘘を見抜く力を持っている。それ以外にも有用な情報を知らせてくれるので、私はこのスキルを重宝《ちょうほう》していた。

『東へ。そこに大切なモノが落ちてくる』

でも、精霊達が自ら話し掛けてくることなんて初めてだった。

今までの彼らの声といえば、『あの子は嘘つきね』とか『いい子ね。正直者は好きよ』という程度。獲物を狩る際には『あのイノシシを狩るのね？　後ろのイノシシの方が脂が乗っていて美味しそうだわ』と、現在の状況について口にするだけだった。

こんな、予言めいた言葉なんて、ましてや私が耳を傾けていもいない状況で話し掛けてくるなんて十分な異常事態。

精霊の導きのままに東へ向かった。その先にあるのはかの有名な『メイズイーターの草原』。大陸でもトップクラスの危険地帯。あまりの危険性に草原の隣にある街道を使う商人はいなくなったと言われている。

警告の立て札を立てたり、壁を建設して隠そうともしたらしいけど、メイズイーターにズブズブと呑み込まれてしまったそうだ。

こんな危険地帯のそばに、何が落ちてくるというの？

日暮れ前に街道まで辿り着いた私はあたりを見回したけど、それらしい物は何もなかった。

大切な物って一体何なの？　助けが必要な精霊がいるとか？

疑問に思いながらキョロキョロとあたりを見回していた私は、ありえない光景を目にした。

正面の草原の丘から人影が現れたのだ。

……いやいや、ありえないでしょ。でも、確かにその人影は草原から飛び出し、街道の上に寝転がった。

目をこすり、もう一度確かめたけれど、やはり嘘ではないみたい……。

あの『メイズイーターの草原』から子供が飛び出してきたのだ！

未だに信じられない気持ちでいっぱいだった。駆け寄った先にいたのはまだ十三、いや十一歳くらいの子供。私が話し掛けてもキョトンとしていた。

ようやく返事が来たと思うと、やはりこの草原から出てきたと言われた。

『まあ、嘘つき呼ばわりするつもり!?　酷いわ！』

精霊に耳を傾けた私に返ってきたのはそんな言葉だった。……まさか、本当に？

もしかして、この子が精霊の言っていた大切な物なの？

……その問い掛けに精霊は答えてはくれなかった。

ただ、私にはもう一つ驚愕の事実が……。まさか、目の前のこの子が成人していたなんて！

十六歳⁉　嘘でしょう⁉

ああ、子供扱いされてショックを受けてしまったみたい。話題を変えるのに苦労した。彼が話に乗ってくれてよかった。確かに思ったよりは子供ではないのかしら？

まあ、早く食事にしたかっただけかもしれないけど。

彼の話ではあの草原に三日もいたらしいし、空腹なのは仕方がない。あの草原の中では食料なんて手に入らなかったでしょうしね。でも、スープを八杯も飲むとは思わなかったな。

明日の分も一緒に作ったつもりだったけど……肉はまだ残っているから明日また作ろうかな。

で、お腹いっぱいになったから眠ってしまったのね。

この姿だけだとやっぱり子供に見えるのよねぇ。ふふ、可愛い。

それにしても彼、ヒビキは一体どこから来たのかしら？　彼の着ている服、一見薄着で簡素に見えるけど、生地《きじ》も編み込みもとても上等な物だわ。

それに、よく見ると彼の手は全く荒れた様子がない。畑仕事も水仕事もしたことがないみたい。

こうやって私の前で眠っている姿といい、全く危機感が感じられない。

まさか、どこかの貴族だったりして。……あの性格で貴族ってことはないわよね、素直すぎる。

まあ、詳しいことは明日にでもまた聞けばいいわね。私も寝ようっと。

風の魔法で警戒の結界を張って……よし、これで大丈夫。

私は持っていた毛布を被り眠りについた。

『ありがとう、守ってくれて』

おぼろげな意識の中で、誰かの優しい声が聞こえた気がした。

◆◆◆

終業式の前日、俺は親友の大樹の家に行った。その日は彼の誕生日だったからだ。

「誕生日おめでとう、大樹。はい、プレゼント」

「おお、サンキュー。……て、こ、これ！『魔女っ子エルフ！スタナチアちゃんの冒険』のスタナチアちゃん限定フィギュア『裸エプロンスタナチアちゃん』じゃねえか！」

「欲しいって言ってたもんね、大樹」

俺の親友、新藤《しんどう》大樹はアニメ・ゲームが趣味な男だ。

俺よりも大きな体格、鍛《きた》えれば鍛えた分だけ筋肉がつきそうな体躯をしているが部活はやっていない。趣味の時間が優先なんだそうだ。

「すげえよ！　数量限定で予約抽選から漏《も》れて絶対手に入らないと思ってたのに！　ああ、完璧だ！　第十八話のお色気悩殺ポーズが完全再現されてる！　やっぱりあの原型師は最高だ！」

アニメもゲームも全く嗜《たしな》まない俺にはよく分からなかったけど、どうやらこのプレゼントは当たりだったようだ。よかった、よかった。

大樹はさっそく箱から人形を取り出して、他の人形も並ぶ棚の空きスペースにそれを飾った。裸エプロンの人形を堂々と飾るあたり、勇気があると思う。

「か・ん・ぺ・き！」

まあ、本人が喜んでいるからいいんだけどさ。

「でもよかったの？　そういう人形って箱から出さずに保存する人もいるんでしょ？」

俺が質問すると、大樹がキリッと真剣な顔をして答えた。

「もちろん、フィギュアの状態を維持したくて箱のまま残す奴もいる。うん、それも理解できる！だが、俺はちゃんと箱から出して直接愛《め》でたい派だ。二つ買えるものなら一つは保存するがな！」

「そういうものなんだ」

ごめん、俺にはよく分からないや。

「それよりこれ、どうやって手に入れたんだ？　店頭販売はおろか、通販でも販売してなかったはずだぞ？　ネットオークションでも見なかった」

「ああ、これ？　この前知り合ったお姉さんがくれたんだ」

おや？　さっきまで超喜んでいた大樹が苦々《にがにが》しい顔に変わったぞ？　どうしたんだ？

「かあああああ！　またお姉さんかよ！　本当にお前はすぐにお姉さんと仲良くなるよな！」

「そうかな？　お兄さんとも仲良しだけど？　みんな優しいよ？」

「そういう意味じゃないから！」

じゃあ、どういう意味なんだろう？　俺が首を傾げる姿を見た大樹は、何か諦めたように大きくため息をついた。

「まあ、今更だな。お前のお姉さんホイホイのおかげで今回俺も欲しい物が手に入ったわけだし。……ところで、そのお姉さんってどんな感じなんだ？　美人か？」

「うん、すごく綺麗な人だよ？　確か二十五歳だったかな？　ハーフなんだって。腰まで長い天然の金髪でサラサラヘアだった。顔つきも西洋人形みたいに整っていて、背も高かったな。スタイルもよかったし、ヒールがよく似合ってた。あと胸がすごく大きかった。どこかの出版社で働いているんだって」

「……ちなみに、瞳の色は？」

「瞳？　うーん、確かエメラルドグリーンだったような……」

「マジかよおおおお！　それで耳が尖ってたら完全に俺の理想のエルフお姉さんじゃん！　俺も会ってみてええよおおおお！　妬ましいなああああああ！」

「あ、そういえばお姉さんが『親友君に私のことをよく言っといて』って言ってた。大樹のプレゼントも用意してくれたし、大樹に気があるのかもよ？　あれ？　でも、大樹はあのお姉さんと会ったことないよね？」

「完全に俺をダシにしてお前好感度上げようとしてるじゃん！　外堀から埋めに来てるよ！」

「外堀？」

大樹が何を言いたいのかよく分からなかったが、楽しすぎて、いつの間にか時間を忘れてしまっていた。結局、深夜まで一緒に遊んだ。

「今日は泊まった方がいいんじゃないか？　もう深夜二時だぞ？」

「大丈夫だよ。ちょっと眠いけど、制服も家にあるし。朝一で家に帰るのも面倒だしね」

「そうか。でも遅刻するなよ？」

「うん、分かってる。また明日」

「おう、また明日。今度そのエルフ風のお姉さんを紹介してくれよ。一度会ってみたい」

「うん、お姉さんに聞いてみるね」

大樹と別れた俺は家に帰るとそのままぐっすり眠った。そして大樹が心配していた通り、しっかり寝坊をしてしまった。朝食を食べていなかったから途中でコンビニに寄って、パンと水を買って急いで学校へと走った。

間に合わないと思ったけど、ギリギリホームルームの開始時間に俺は教室の扉を開けた。

そこから、何があったのかよく思い出せない。視界が光でいっぱいになって、意識が遠のいてしまった。

『ようこそ、異世界へ。君の人生に幸あらんことを願っているよ』

……？　今、誰か俺に何か言った？

◆　◆　◆

暗闇に包まれていた視界に一筋の光が生まれる。鮮烈ではなくぼんやりとした光だったが、意識を覚醒させるには十分で、俺は瞼《まぶた》をゆっくり開いた。

「……アサ？」

朝というにはまだ早い時間らしい。まさに黎明《れいめい》の空といった感じで、空はまだ薄暗く、山との境目にほんのりと陽の光が広がりを見せようとしていた。

どうも夕食の後、一休みをしたつもりがそのまま眠ってしまったらしい。

お礼もせず眠ってしまって、エマリアさんに悪いことをしてしまった。後でお礼を言わないと。

それにしても、さっきまで夢を見ていた気がする。確かこの世界に来る直前の夢かな？　大樹の誕生祝いをした時の夢。

……そういえば誰か知らない人の声を聞いた気がするけど、気のせいかな？

やっぱりホームシックかな？　高校生にもなってたった四日でホームシックとは、我ながら情けない。帰り方が分からない異世界だと仕方がないのかもしれないけど。

それともエマリアさんに会ったからかな？　確かあの日は大樹からエルフのお姉さんがどうのって言われていたし、記憶を刺激されたのかも。

よくよく考えるとエマリアさんって大樹の理想のエルフのお姉さんだよね。ごめんね、大樹。俺の方が先にお前の理想のお姉さんと出会っちゃった。

ふう、それにしてもまだ少し眠いな。

欠伸《あくび》をしながら起き上がると、俺の上に外套《がいとう》が掛けてあった。エマリアさんが掛けてくれたのかな？　彼女が起きたら本当にお礼を言わないと。

スマホによると今は午前四時半くらい。黎明の空は綺麗だけどやはり早く起きすぎた。

それにしても、そろそろスマホの電池がやばい。もう電池が二割くらいしか残っていない。

電波が繋《つな》がらない以上、時計くらいしか役には立たないんだけど、日本との繋がりが切れてしまうようで少しばかり寂しい……。

て、いかんいかん！　クラスのみんなだってこの世界で心細い思いをしているかもしれないんだ。早く探し出して元の世界に帰る方法を見つけないと。

「よし、頑張ろう！」

気を引き締め直した俺は、太陽に顔を向けてこれからのことを考えた。

とりあえず命の危機は去った。日が昇ったらエマリアさんにお願いして、どこか街にでも連れて行ってもらえるようお願いしないと。

そこで日本に帰る方法が分かればいいけど、無理ならどこかを拠点にして、身を立てる方法を探さないとなぁ。あ、でもその前にみんなと合流する方が先かな？

何から始めればいいんだろうか。

……うん、そうだな。できることを一つずつ進めていくしかない。

今はみんなを信じて俺にできる最善を尽くさなきゃ。

やっぱり最初に考えた通り、街に行って生活基盤を作ろう。そこを拠点にして情報を集めて、みんなで元の世界に帰る。これを目標にやっていこう。

そうと決まればさっそくエマリアさんにお願いして……て、まだ五時前だった。起こすには早すぎるよね……と、エマリアさんの方を向く。

エマリアさんはたき火を挟んだ俺の反対側で、可愛らしい寝息を立てて眠っていた。寝相《ねぞう》のせいか、毛布がはだけ上半身が露《あら》わになっている。

いや、別に裸ってわけではないんだけど、エマリアさんの服が……。

「胸の谷間がすごいことに……」

エマリアさんの服装は、上はグリーンを基調とした長袖。膝上丈のスカートの下には、残念なことにスパッツを穿《は》いていた。

下半身は毛布で隠れているので別段気にする必要はなかった。問題は……。

「服のボタン、取れちゃってるや……」

そう！　エマリアさんの上着のボタンが上四つほど外れてしまっていたのだ。豊満な胸の谷間が惜しげもなく披露《ひろう》されていた。大切なことだから繰り返す。

胸の谷間が惜しげもなく披露されていたのだ！

横向きになって寝ているものだから、余計に胸が強調されてインパクトがすごすぎる！

思わず生唾を呑んでしまった。静かな野営地でゴクンという音がやたら大きく聞こえた。

『やべえ！　飛び込みたいんですけど！』

親友の大樹なら絶対に興奮してこう叫ぶだろうな。

以前俺が友達になったお姉さんも胸が大きくて、紹介したら『妬《ねた》ましい』とか言いつつ似たようなことを言っていたんだよな。

友達の胸が大きくて何が妬ましいんだ、あの男は。時々訳が分からなくなるんだよな、あいつ。と、とりあえずエマリアさんの方には向いていられないな。……何してたんだっけ？

……ああ、できることを一つずつやっていこうと決めたところだった。でも、何ができる？

そう思って周囲を見渡す。周りはまだ暗いままだ。

そういえば今まで二人とも眠っていたけど、見張りとかしなくても良かったんだろうか？

周りに獣とかは見当たらないし大丈夫なのかな？　この辺は獲物がいないとか言ってたっけ。

……何だ、あれ？　緑色の虫みたいな物がいくつも飛んでいる？

キラキラと緑色に光る虫のような物がいくつも飛び回っていた。よく見ると虫ではないようだ。

緑色の光はグルグルと俺とエマリアさんの周りと回り続けていた。

まさか魔物じゃあないだろうな？　……ちょっと鑑定してみるか。

【技能スキル『鑑定レベル1』を行使します】
【　魔法名　】警告の風壁《エアアラーム》
【魔法レベル】2
【消費　MP】10／h
【　行使者　】エマリア・ステインバルト

【備考】一定空間を警戒する風の結界。結界内に侵入する者があれば風の警笛《けいてき》が鳴る。少しだけ侵入者を阻《はば》む向かい風を起こす。

へえ、あれはエマリアさんの魔法だったのか。便利な魔法だな。これがあれば一人でいるときも安心して寝られる。

それと「10／h」ってのは、一時間にMPを10消費するって意味かな？

俺のMPではすぐになくなっちゃうから、あっても使えないなあ。

【技能スキル『魔導書レベル0』に【魔法スキル】『風魔法レベル2　警告の風壁』が登録されました】

……何か登録された？　『魔導書』にさっきの魔法が登録されたらしい。何かできるのか？

「『魔導書』発動」

【技能スキル『魔導書』は発動基準を満たしていないため使用できません】

うーん、昨日と一緒だ。登録って何だったんだろう？　おそらくレベル0だからこのスキルは使えないんだろうけど、意味が分からないな。

そうだ、エマリアさんが起きるまでに他のスキルの確認をしておこう。まだ試していないスキルがいくつかあったもんな。

それじゃあ、まずは自分を鑑定してみますか。『鑑定』発動！

【技能スキル『鑑定レベル1』を行使します】

【名　前】真名部響生
【性　別】男
【年　齢】16
【種　族】ヒト種
【職　業】鑑定士（仮）（レベル1）
【レベル】1
【H　P】96／101
【M　P】35／35
【S　P】60／65
【物理攻撃力】36
【物理防御力】15
【魔法攻撃力】21
【魔法防御力】23

【俊敏性】55
【知　力】38
【精神力】50
【　運　】40
【固有スキル】『識者の眼レベル1』『チュートリアルレベル1』
【技能スキル】『鑑定レベル1』『辞書レベル1』『世界地図レベル1』『翻訳レベル1』
『魔導書レベル1』『宝箱レベル0』
【魔法スキル】なし
【　称　号　】『異世界の漂流者』『メイズイーターからの生還者』

あれ？　『メイズイーターからの生還者』って称号が増えてる……？

メイズイーターっていうのは、そんなに稀《まれ》な存在だったのかな。

この称号っていうのは何か意味があるのかな？　解説とか付けてくれると助かるんだけどなぁ。

あ、そういえばまだ使ってないスキルにそれらしいものがあったな。試してみよう。

「『辞書』発動」

【技能スキル『辞書レベル1』を行使します】

【検索する言語を入力してください】

「えーと、じゃあ称号で」


【『辞書』より『称号』を検索します】

【検索結果を表示します】

『称号』

対象の身分や肩書を表す呼び名。ステータス上では生まれながらに所有しているものだけでなく、対象の功績に応じた称号を得ることも。稀にステータスに影響を与える称号も存在する。


ホントに辞書っぽい解説をしてくれた。「稀にステータスに影響を与える称号も存在する」か。

……ステータスって何？　ステータスは日本語に訳すと「地位」とか「身分」とかいう意味だったと思うけど。

そういえばこの前、大樹がゲームで「ボスキャラのステータスがチートすぎる！」って愚痴《ぐち》ってたっけ。ゲーム用語なのかな？　『辞書』で聞いてみるか。


【技能スキル『辞書レベル1』を行使します】

『ステータス』

対象者の名前やレベル、各種能力値などを表したもの。『鑑定』『能力把握』などのスキルで確認

可能。鑑定石でも確認可能。

つまり、いつも鑑定していたのが「ステータス」っていう物なのか。称号には、このステータスの数値を上下させる可能性がある、と。

でも今回の『メイズイーターからの生還者』っていう称号には、ステータスを変化させる影響はないみたいだな。初めて見た時と特に違いはないみたいだし。

このスキルは便利だな。『鑑定』と併用すればいろんなことが理解できるぞ。それなら『魔導書』と『宝箱』もどんなスキルか調べてみるか。

「『辞書』で『魔導書』を検索」

【対象言語は『辞書レベルー』に登録されていません】

あれ？　それじゃあ『宝箱』はどうだ？

【対象言語は『辞書レベルー』に登録されていません】

うーむ、調べても出てこないのもあるのか。残念。

続けて、ステータス上にあった分からない単語をいくつか検索してみたけど、固有スキルについては二つとも未登録だった。

職業の「鑑定士（仮）」も登録されていなかった。でも「鑑定士」は登録されていた。


『鑑定士』

希少ランクBの職業。対人、対物にかかわらず対象の能力、特徴を識別する『鑑定』のスキルを持つ。非戦闘職であるものの、『罠感知』や『魔法解析』などのダンジョン探索向けのスキルを多く習得できるので、冒険者からの需要もある。


『罠感知』や『魔法解析』とかのスキルは持っていないけどレベルが上がれば習得できるのかな？

それとも（仮）だから無理なんだろうか。

でも俺が気になったのはそれ以上に「非戦闘職」ってところだ。つまり（仮）ではあるが、俺は鑑定士だから戦う能力はないってことだろう。

これは早急に対策が必要かも。確かに手持ちのスキルには戦えるものが一つもないみたいだ。

とりあえず、街までは本当にエマリアさんに一緒に行ってもらおう。彼女のステータスは完全に戦闘職って感じで強そうだったし。


『非戦闘職』

戦闘スキルを持たない職業。職業レベルが上がっても戦闘スキルを覚えることはない。非戦闘職

者の中にも稀に戦闘スキルを習得できる場合があるが、戦闘職と比べるとその威力はおよそ六割程度まで劣ると言われている。

一応「非戦闘職」を検索してみたけど、非戦闘職者ってこの世界で生きていけないんじゃない？戦闘職者と同じだけ頑張っても、威力が四割も下回るってことだよね。

魔物がいる世界で戦う能力がないなんて大丈夫じゃないよな。一人だと危険っぽいなぁ。どうしようか……。

現状、俺に使えるスキルはステータスを確認できる『鑑定』と、足跡を確認できるだけの『世界地図』、言語の意味を検索できる『辞書』だけだ。

改めて確認してみると、確かに「非戦闘職」だよな。よくホーンラビットを倒せたもんだ。非戦闘職の俺にさえ倒されるんだから、ホーンラビットは雑魚《ざこ》中の雑魚魔物なんだろうけど。

さて、本当はまだいろいろと調べたい言葉はたくさんあるけどＳＰは大丈夫かな？

そういえば一晩寝たら、ＳＰはちゃんと回復していたな。昨日の心配が杞憂《きゆう》に終わって安心した。

……ふむ。ステータスを確認する限り、どうやら『辞書』は一回検索ごとにＳＰを１しか消費しないらしい。これなら気軽に検索できるな。

『世界地図』はどうだろう？　昨日は使ったままで消費ＳＰを確認してなかったな。

【技能スキル『世界地図レベル１』を行使します】

頭の中に地図が浮かんだ。と言っても灰色の画面が映っているだけだけど。

画面には俺を表す青点と、すぐ隣に緑色の点が表示されている。

緑色はエマリアさんだろう。多分魔物が赤で、味方が緑に表示されるんじゃないかな？

ステータスを再度確認してみる。どうやら『世界地図』は一回表示すると、ＳＰを５消費するらしい。時間単位で消費しないか心配だから、しばらくこのまま表示させておこうかな。

……とりあえずこんなところかな？　各スキルと消費ＳＰの把握は一応できた。

後はエマリアさんに相談してみないと、どうしていいか分かんないや。

……よし、二度寝しよう！

もうすぐ朝日が昇り、黎明の空は澄んだ青空へと変貌するだろう。

だがしかし！　変な時間に起きて作業をした俺は、二度目の睡魔に襲われてしまったのだ！

エマリアさんもまだ寝てるんだし、二度寝してもいいよね。

俺はエマリアさんの外套を被り直し、リュックを枕に、再び夢の世界へ旅立っていった。

おやすみなさい、ぐぅ。

◆　◆　◆

優しい日光の温もりに包まれて、私、エマリア・ステインバルトは眠りから目を覚ました。

どこだっけ……ここ。あまり寝起きの良くない私はしばらく放心してあたりを眺めていた。

そういえば昨日野営をしたんだった。あっちがメイズイーターの草原で……うん、ここは安全ね。

ちらりとたき火の跡に目をやると、向こう側で眠っている少年がいた。

……ああ、昨日見つけた子ね。

寝相のいい子ね。昨夜と寝姿が変わっていないわ。外套も私が掛けてあげたまま。

私、寝相が微妙なのよね。……いいなぁ。

ホント、危機感のない無邪気な寝顔ね。とても成人しているとは思えないわ。ホント驚き。

……成人。……せいじん。

……せ・い・じ・ん？

……成人⁉

私、成人男性と同衾《どうきん》しちゃったの⁉

いやいや、流石に同衾じゃないわよね⁉　同じ毛布にくるまったわけじゃあるまいし！

そうよ、男女の冒険者パーティーなら一緒に野営するなんて当たり前じゃない！

……私はしたことないけど。

冒険者になって五年。一度もパーティーを組んだことがない。

男性冒険者はいやらしい目で私を見てくるし、女性冒険者は何だか私のこと睨んでくるしで全然パーティーを組んでもらえなかった。

パーティーを組んで仲間と危険なダンジョンに挑む。それが夢だったのに、未だに実現する目途は立っていない。

冒険者の大半はヒト種か獣人種。エルフの冒険者は珍しいらしく、私を奇異の目で見る人ばかり。ちゃんと私を見てくれる仲間ができればいいのに……。

て、いつまでも沈んでいる場合じゃないわね。目も覚めたし、そろそろ起きなくちゃ。

ふとまだ眠っている少年を見る。名前はマナベヒビキだっけ。

マナベが家名でヒビキが名前だと言っていたけど、家名を先に名乗るなんて聞いたことがないわ。少なくとも、この大陸でそんな名乗り方をする国はないはず。いつの間にかここにいたと言っていたし、もしかすると他の大陸から来たのかもしれない。

ダンジョンには、一瞬で知らない土地へ転送する「転移罠」もあるって話だし、それに巻き込まれたのかも。……でもヒビキは弱そう。とてもダンジョンに入るようには見えない。

でも別大陸出身だっていうなら、メイズイーターの草原を知らなくても納得。

一人で考えても分かるわけないか。起きたら聞いてみよう。

さて、そろそろ朝食でも作りますか。ヒビキがくれたホーンラビットの肉はまだ残っているから、またスープでも作ればいいでしょう。よいしょっと。

たぷん。

起き上がろうと両手を地につけた時、変な音が胸元から聞こえた。

……いや、分かっているのよ？　これが何の音かは。お風呂なんかではよく聞くし、公衆浴場でこの音を立てると周りから物凄く睨まれるから好きじゃないけど。

恐る恐る胸元に視線を落とす。まさか、そんなはずは……。

……い、いやあああああああああああああああああああああ！

声を出して叫ばなかった自分を褒めてあげたい！

咄嗟に両手で胸を隠す。大丈夫、ヒビキはまだ起きていない。

でも、どうしてこんなに胸がはだけているのよおおおお⁉　一体いつの間に⁉

あ、ボタンが四つもなくなってる！　確認するとボタンは全て地面に転がっていた。とうとうサイズが合わなくなったんだわ。ここ最近、なぜかまた胸が大きくなっていた。

多分、そのせいでボタンが弾け飛んでしまったのね……。

どうして今更大きくなるのよ！　私もう五十六歳よ！　エルフの成長は二十歳までで大体止まるはずでしょう⁉　これ以上大きくなるなんて嫌よ！

とにかく、ヒビキが目を覚ます前になんとかしないと。すぐに裁縫《さいほう》道具を出して対処した。

物凄く恥ずかしかったけど、誰にも見られなかったんだから良しとするしかないわね……。

◆　◆　◆

「おはよう、エマリアさん」

「ええ、おはよう、ヒビキ」

しばらくして目を覚ましたヒビキに、私はさっきの醜態《しゅうたい》など無かったかのように、大人の女性らしい余裕の笑みを見せた。ヒビキは私が作っているスープを嬉しそうに見ていて、私の動揺に気づいた様子はない。……よかった。

「美味しそうだね」

「ありがとう。ヒビキも起きたことだし、朝食にしましょう」

私がそう言ってスープを用意しようとした時、思いもよらぬ言葉が……。

「あれ？　エマリアさん、服直したんだ」

「……へ？」

目を点にしてヒビキを見る。……今、なんて？

「ちょっと前に起きた時、上着のボタン取れちゃってたからびっくりしちゃった」

「……は？」

どうしよう、「へ」とか「は」とかの単語しか浮かばない。

「あんな大きい胸、俺初めて見ちゃったよ。すごいね、エマリアさん」

……ああ、無理。ムリムリ。……む・り。

「い」

「い？」

「や」

「や？」

「い、いやあああああああああああああああああああああああ！」

「ホブフォオおおお!?」

一心不乱に手を振った。

……気づくと私の渾身《こんしん》の平手打ちがヒビキの顔面を打ち抜いていた。

私の目に映ったのは、私の平手打ちを受けて綺麗な放物線を描いて彼方《かなた》へ飛んでいくヒビキの姿だった。そして彼はズダンと地面に叩きつけられた。

「……はっ！　ヒビキ!?」

どうしよう。全く手加減できなかった。確かヒビキはレベル1だって……。

「……ヒ、ヒビキ？」

声を掛けても何の反応も返って来なかった。ピクリとも動かない……。

「そ、そんな。……私、ヒビキを殺してしまった」

故郷を離れて五年、私は……つ、罪人《つみびと》に、なって、しまった。

◆◆◆

「ごめんなさい」

「いや、俺の方こそごめんなさい。デリカシーに欠けていたよ」

エマリアさんの猛烈ビンタから辛《かろ》うじて生還した俺は、彼女から謝罪を受けていた。

考えてみれば俺もなぜあの件を話題にしてしまったのやら……。

危うく死んでしまうところだった。ＨＰがまさかの８／１０１。いや、本当に危なかった。

もう少しエマリアさんの込めた力が強かったら本当に死んでいたよ。

俺とエマリアさんのレベル差って、ビンタ一撃で俺を殺せてしまうほどだったとは……。

……もう、エマリアさんを怒らせないぞ！　俺の命のために！

エマリアさんは申し訳なさそうな顔で俺を見ていた。そういう顔をされると逆に恐縮しちゃうな。

それにしても、リュックを枕に仰《あお》向《む》けになって寝ているんだけど、身体がピクリとも動かない。

見た目は頬が真っ赤に腫《は》れているだけなのに。ＨＰの影響かな？

このままだと、今日はＨＰが回復するまで動けないかも……どうしよう。

「あの、ヒビキ。これを使って」

エマリアさんは自分のカバンから、青色の液体が入った小さなガラス瓶《びん》を俺に差し出した。

青い飲み物って、すごく不自然！　正直、気持ち悪い。

「……何、それ？」

「ポーション、回復薬よ」

「……回復薬？」

【技能スキル『鑑定レベル１』を行使します】

【名　前】下級ポーション
【備　考】ＨＰを少量回復することができる魔法薬。

ＨＰを回復する薬なんてあるんだ。普通の傷薬とかとは違うのかな？

でも、青い飲み物なんて飲みたくないなぁ。

エマリアさんはガラス瓶の栓《せん》を抜いて、俺の口元へ寄せた。

「どう？　自分で飲める？」

「えーと、無理です。ピクリとも動けません」

「……本当にごめんなさい。私が飲ませてあげるから、大丈夫よ」

「え、い、いらないよ？　こんなのしばらく待てば回復するから」

「無理に決まってるじゃない！　その状態になったら自力回復なんてできないんだから！」

ええー!?

「さあ、ポーションを飲んで回復しましょう」

うう、回復しないのか……。よく考えてみれば俺、今瀕死《ひんし》なんだ。

日本でだって、瀕死で病院に担ぎ込まれた人が「俺は大丈夫。こんなの唾つけときゃ治るから！」と言って、信じる医師なんているわけないよね。

「ヒビキ、口開けて」

「……あーん」

背に腹は代えられない。俺は仕方なく、そのおぞましい青い液体を口に入れた。

ごくごくと喉を鳴らしてポーションを飲み込む。

……思ったより変な味じゃないな。例えるなら、甘茶に似ているような。青いという点を我慢すれば、特に飲めないってことはないかな。

「あっ！　身体が温かくなってきた」

直後、全身がほんのり温かくなった。その感覚は十秒くらい続き、唐突に消えた。

「よかった。頬の腫れは引いたわね。どうかしら、もう動ける？」

エマリアさんに問われて確認してみる。……腕も動くし起き上がれもした。

「大丈夫そう。すごいね、ポーションって！」

「……ヒビキはポーションも知らないのね」

エマリアさんは何だか呆れたような顔で俺を見ているが、目元は優しそうだった。

どうもポーションはこの世界の一般常識らしい。そんな常識も知らない俺に呆れつつも、怪我が治ってよかったと思ってくれているんだろう。

エマリアさんは優しいな。

エマリアさん特製の朝食をいただいた後、俺達はここから一番近い『ローウェル』という街に向かうことになった。俺がお願いするまでもなく、エマリアさんが同行を提案してくれたのだ。

「ありがとう、エマリアさんのおかげで俺は生きていけるよ」

「気にしなくていいわ。代わりに私が困ったときはヒビキが助けてね」

レベル1が何を言っているんだと思わなくもないが、受けた恩はきっちり返します！

「任せてよ！」

「それじゃ、出発しましょう。今から歩けば日暮れ前には着くでしょう」

スマホの時計は午前十時くらい。日暮れってことは、到着は午後六時くらいだろう。

休憩が一時間だとして、約七時間の歩行距離か……四十キロくらいかな？　……頑張ろう。

街道を挟んで東側がメイズイーターの草原だ。俺達はその反対の西を目指す。しばらく進むと小さな森があり、そこを抜けた先にローウェルがあるそうだ。

ここは大陸の最東端の国『ハバラスティア王国』。ローウェルは国内で五番目に大きな街らしい。

エマリアさんが言うには、メイズイーターは王国の東側のほとんどを占拠しているそうだ。

もし俺がこの街道がある西を目指さず、東を目指していたら、その先は断崖絶壁なわけで……。

「どうしたの、ヒビキ？　顔が真っ青よ？」

「え⁉　だ、大丈夫だよ！　タラレバ！　そう、タラレバだもん！　気にしないよ⁉」

「？　大丈夫ならいいけど……」

「うん、大丈夫！　さあ、出発しよう！」

「あ、待ってよヒビキ！　私が案内するのにヒビキが先に行ってどうするよの……」

◆
◆
◆

というわけでローウェルを目指した俺達だけど、道中は特に会話もなく黙々と歩き続けた。

会話を楽しみながら行けるかな、なんて思っていたけど、周囲を警戒しながら進むエマリアさんを見て、自分がいかに気が抜けているか思い知らされた。

ここは異世界だ。何が起こるか分からないんだから、もっと真剣にならないと！

……と言っても、俺にはエマリアさんみたいに周囲を警戒する技術なんてない。そういえば、出しっ放しにしていた『世界地図』はどうなったかな？

『鑑定』で確認してみると、ＳＰの追加消費は見られなかった。試しに再表示すると、一回分のＳＰが改めて消費されていた。どうやら連続表示ならＳＰを消費しないらしい。

だったらこのまま表示させておこう。

それにしても、改めて見るとこれ、とても地図とは呼べないよな。全面灰色で、目の前に森が見えてきたけど表示されていない。距離と方角だけが分かるレーダーみたいだ。

……あれ？　進行方向の先に赤点が表示されている。赤点ということは魔物かな？

森が近づくにつれ、『世界地図』に表示される赤点の数は増えていった。

道中、魔物なんて全く見なかったが、森の中にはそこそこいるようだ。『メイズイーターの草原』に近いこのあたりは、魔物が寄り付かないと言っていたエマリアさんの話は本当らしい。

「エマリアさん」

「どうしたの？　ヒビキ」

森に入る直前、俺はエマリアさんを呼び止めた。レベル１の俺に魔物の相手などできるわけがないから相談しないと。

「俺、レベル1なんだけど、この森に入って大丈夫かな？　魔物がたくさんいるみたいだけど」

「ああ、大丈夫よ。この森の魔物のレベルは3～10くらいだから。ヒビキが一人で対処するのは難しいけど、私が守りながら進めば問題ないわ」

「じゃあ、エマリアさんから離れないようにすれば大丈夫？」

「そうね、そうすれば特に危険なことはないわ」

エマリアさんは俺を安心させようと、聖母のような微笑《ほほえ》みで答えてくれた。

それが嬉しくて、俺もつい大声を上げてしまった。

「ありがとう、エマリアさん！　俺、絶対に離れないよ！　ずっとエマリアさんのそばにいるよ！」

……あれ？　なぜかエマリアさんが急に顔を赤らめて、向こうを向いてしまったぞ？

「そ、そうね。そうしなさい。……よく魔物の気配が分かったわね？　この森には、レベルは低いけど臆病《おくびょう》な魔物が多いから、意外と気配が読みにくいのに」

「ああ、それは『世界地図』ってスキルで……」

「『世界地図』!?　ヒビキ！　あなた『世界地図』のスキルを持っているの!?」

向こうを向いていたはずのエマリアさんが、急に振り返り迫って来た。さっき見せた聖母の微笑みはどこへやら。目を見開いた驚愕の顔を俺に寄せた。というか、顔が近い、近すぎるよ!?

「ど、どうしたの、エマリアさん？」

「ヒビキこそ何言ってるの!?　『世界地図』っていったら、スキルの中でも希少ランクＡＡＡの超レアスキルなのよ!?」

「希少ランクＡＡＡ……？」

「『世界地図』のスキル持ちなんて、この世界に数えるほどしかいないんだからね!?　そんな希少スキルをヒビキは持っているというの!?」

微妙に役立つスキルだと思っていた『世界地図』はとんでもスキルだったようです……。

「ヒビキの職業って何なの？」

言ってもいいんだろうか？　まあ、秘密にするようなことでもないか。

「鑑定士（仮）だよ」

「……『カッコカリ』？　鑑定士じゃないの？」

あれ？　今「（仮）」の部分だけ日本語で聞こえたぞ。『翻訳』スキルが行使されてからは、ちゃんとエクトラルト語で聞こえていたのに。

そういえば、ステータス画面も最初は日本語だったけど、『翻訳』を使用してからはエクトラルト語になっていたような……？　読めるから全く気にしていなかった。

「鑑定士だと思うんだけど、ステータスを見たら変な記号がついてたんだ」

「『カッコカリ』ってどういう意味なの？」

「うーん、俺にもよく分かんない」

むしろ俺が教えてほしいくらいだ。

エマリアさんは昨日と同じように耳に手を添え、何かを聞くような仕草を見せた。

「うーん、嘘じゃないのよね。でも、鑑定士が『世界地図』なんて、聞いたこともないわ」

「俺にもよく分かんないよ。でもこのスキル、そんなに便利でもないよ？　レベル1だと、周りにいる人と魔物の判別、俺の進んだ跡が確認できる程度だし」

……なぜだろう。エマリアさんがとても呆れた顔をしている。

「その時点で十分役に立つでしょう！　冒険者にとって魔物の位置を把握できることが、どれだけ命を守る助けになるか！　それに足跡を確認できるなら、道に迷うリスクがものすごく軽減できるじゃない！　『世界地図』のスキル持ちは冒険者達から引っ張りだこなのよ⁉」

「そ、そうなんだ。知らなかった……」

「はぁ。どうしてヒビキが『メイズイーターの草原』を脱出できたか理解できたわ。『世界地図』があれば、確かにあそこを脱出することも可能だもの。その時点で、このスキルがいかに有用か気づいてもいいと思うんだけど」

エマリアさんが俺をジトッとした目で見据《みす》えている。そこまで冷たい目をしなくてもいいと思うんだけどなぁ。

「ごめんなさい……」

俺が謝ると、エマリアさんは大きなため息をついていつもの表情に戻った。

「こっちこそ言い過ぎたわ。ヒビキがあまりにも物を知らないから、驚いちゃった。でもよくよく考えれば、ヒビキが物知らずなのは昨日の時点で分かっていたことよね。ごめんね」

えええええ⁉　聖母の微笑みで、どうして更に俺をディスってるの、この金髪エルフは⁉

「それじゃあ、ヒビキは『世界地図』で魔物の位置を確認しながら進んで。私も警戒するけど、こっちに近づく魔物がいれば報告してね」

楽しそうに指示を出すエマリアさん。多分、俺をディスったつもりはないんだろうなぁ。

……仕方ない。ここは俺が大人になって話を合わせてあげよう。やっぱり俺って子供じゃない！

「分かったよ、エマリアさん。何か近づいたら教えるね」

「じゃあ、森に入りましょう。そういえばヒビキは武器を持ってないでしょう？　私の短剣を貸してあげるから持ってなさい」

そう言うとエマリアさんは、腰に差していた短剣を俺の方へ放り投げた。

「うおっと！　あ、ありがとう。でもエマリアさんの武器はいいの？　見たところ弓は持っているけど矢がないみたいだし……」

エマリアさんの肩に弓はあったが、肝心の矢筒《やづつ》がなかった。これでは役に立たない。

「大丈夫よ。矢ならあるわ」

エマリアさんは何やら自慢げに胸をポンと叩いた。一体、どこにあるんだろうか？

怪訝《けげん》そうな俺を見て、エマリアさんは悪戯《いたずら》っぽい表情で答える。

「ふふ、私の職業は『精霊射手《スピリチュアルアーチャー》』っていうのよ。森で魔物と戦う時に見せてあげるわ」

正直、どういう意味なのかよく分からないけど、ここはエマリアさんを信じるしかないかな。

エマリアさんを信じて森に入って早一時間。

『世界地図』にはそれなりに反応があるけど、半径百メートル圏内に魔物は見当たらなかった。

「本当に魔物が近寄ってこないね」

「この森の魔物は弱いから、危機察知能力が高いのよ。私とのレベル差を敏感に感じているのね」

それは嬉しい誤算だ。弱っちい俺としては大変ありがたい。

このまま何事もなく街に辿り着きたいものだ。

「ここならヒビキのレベル上げもできるわよ。何だったらレベル上げしてく？」

俺を連れた旅路にも余裕が出てきたのか、エマリアさんが小悪魔的笑顔で俺を唆《そそのか》した。

「冗談でしょう？　こんな軽装で戦ったら、生き残れるものも生き残れないよ」

防具にもならない学生服と使ったこともない短剣でどうやって戦えと!?　即行で負けるよ！

「ふふ、冗談よ。レベル上げをするならきちんと装備を整えないとね。ヒビキの判断は正しいわ。知識はないけど生き残る知恵までは無いわけじゃないみたいね。一安心よ」

……また微妙にディスってますよ、エマリアさん。この天然ディスりっ子め！　自覚してないんだろうなぁ。……なんだかエマリアさんの人間関係がちょっと心配になってきた。

「エマリアさんって、ローウェルには友達とかいるの？」

「えっ!?　……と、ともだち？　も、もちろん……いるわよ？」

分かりやすいくらいに動揺して、声が尻すぼみになっていく。俺から目を逸らして冷や汗をかき、どことなく身体が震えている。

……ごめんね、エマリアさん。聞くべきじゃなかったよ。俺は開いてはいけないパンドラの箱を開けてしまったようだ。

「そ、そうだね。友達いるよね……」

俺にできることは、エマリアさんの言葉を肯定することだけだった。

「そ、そうよ、もちろんよ！」

「俺も友達だしね！」

「え?!」

エマリアさんは驚いた表情で俺を見た。

「え？　違うの？」

俺としてはとっくに友達になったつもりだったけど、図々《ずうずう》しかっただろうか？

「ヒビキと私が友達……」

やっぱり図々しかったみたいだ。エマリアさんは呆然と俺を見ていた。

「ごめんなさい、変なこと言っちゃって。俺が勝手に思っていただけだから、気にしないで」

俺の謝罪を聞いたエマリアさんは、ハッとした顔になる。

「ち、違うのよ！　ヒビキがそう思ってくれているなんて気が付かなかっただけで！　わ、私はとっても嬉しいわ！　その、えーと、私とヒビキは友達……そう、友達よ！」

頬を赤らめたエマリアさん。すごい勢いでしゃべるから圧倒されてしまったけど、その表情はとても嬉しそうで、とても可愛かった。

「そうだね。俺とエマリアさんは友達だよ！」

エマリアさんの友達宣言は正直俺も嬉しい。こっちの世界に来て初めて会った人が、友達になれるような人で本当によかったと思う。

「もう少し進むと休憩できるところがあるから、そこに着いたらお昼にしましょう」

「了解！」

機嫌の良いエマリアさんに安心した俺は、彼女の後ろに付いて歩いた。

ここで気が緩んで魔物に襲われたら大変だ。『世界地図』をよく見て安全を確保しなくちゃ！

俺は森を歩きながら、地図に意識を集中させていた。

「故郷の森を離れて早五年。とうとう初めて友達ができたわ。ふふふ……」

『世界地図』に集中していた俺は、そんなエマリアさんの悲しい呟きを聞かずに済んだ。

……本当によかった！

しばらくして、たき火の跡が見られる森の休憩地に辿り着いた。

「ここで少し休みましょう。ヒビキはその辺の木の枝を拾ってきて。薪《まき》に使うから」

「うん、分かった」

小枝を拾いながらエマリアさんの様子を窺《うかが》うと、彼女はいつの間にか集めていた木の実や山菜で、昼食を作っていた。

「言ってくれれば俺だって集めたのに」

「だって、ヒビキは毒キノコの判別なんてできないでしょう？」

うーん、そう言われると「そうですね」としか答えられない。

『鑑定』を使えば判別できるだろうけど、限りあるSPがあっという間になくなってしまう。

残念だけど、これは実地で覚えていくしかないなぁ。

昼食は山菜シチュー。エマリアさんはいろんな調味料や香辛料を使って、毎回違った味の料理を味わわせてくれる。それが本当に美味しいんだ！

調味料とか旅の荷物になって邪魔じゃないの、と聞くと……。

「ただでさえ旅はつらいのに、ご飯まで不味いなんて嫌よ！」

結構美食家らしい。

「エマリアさんって料理上手だよね。少ない食材でここまで美味しく作れるなんて尊敬しちゃうよ。きっと故郷ではモテモテだったんだろうなぁ」

言い寄る男も多かったに違いないって……あれ？　どうしてそんな悲しそうなの？

「ど、どうしたの、エマリアさん？」

「……何でもないわ」

どうやらコレもパンドラの箱だったらしい。

俺は会話をやめて、美味しい食事に専念することにした。お、俺は何も聞いていないよ!?

「……あのバカ親父さえいなかったら、今頃恋人の一人や二人くらい」

聞こえてない！　聞こえてないよ！

悲しい食事も終わり、現在はちょっと一服中。食べてすぐ動くとか無理だから。

俺は近くの岩の上に寝転んで一休み。エマリアさんは弓の調整をしつつ、骨を休めていた。

「……あれ？　エマリアさん、魔物が近づいて来ているよ！」

『世界地図』に魔物の反応が映った！

慌てて告げる俺に対し、エマリアさんはさっきまでと変わらず、冷静に弓の調整を続けた。

「……魔物のいる方角と距離は？」

「え!?　えっと、北西で、八十メートルくらい。でもあと十秒もすればここに着くと思う」

「分かったわ」

エマリアさんは調整を終えたらしい弓を左手に持ち、北西を向いて魔物を探した。

「……フールドッグね」

「フールドッグ!?」


【技能スキル『鑑定レベル１』を行使します】

【名　前】フールドッグ
【性　別】オス
【レベル】４
【ＨＰ】71／90
【ＭＰ】11／11
【ＳＰ】16／16

【物理攻撃力】49
【物理防御力】22
【魔法攻撃力】4
【魔法防御力】13
【　俊敏性　】64
【　知　力　】13
【　精神力　】13
【　　運　　】15
【　備　考　】大変頭の悪い犬型の魔物。敵を見つけると一直線に向かって来る。

本当だ。一直線にこっちに向かって来る。対するエマリアさんは……。

「エマリアさん!?　矢がないよ！」

エマリアさんは弓を構えていたけど、肝心の矢がなかった。

しかし俺の声を聞いても、真剣な表情でフールドッグを狙っている。

「言ったでしょう。私は『精霊射手』。その矢は精霊の加護のもとに、あるのよ！」

――パシュンッ！

「ギャインッ!?」

エマリアさんが弦《つる》から手を離したと思った瞬間、空気を切り裂くような音がして、フールドッグ

の脳天から血が噴き出していた。そしてそのまま地面に伏して動かなくなった。

「なにこれ!? どうなってるの!?」

俺の疑問を無視して、エマリアさんはフールドッグの元へ行ってしまった。

「もう、説明してよね。……そうだ、『辞書』で調べてみよう！」


【技能スキル『辞書レベル1』を行使します】

『精霊射手』

精霊の加護を受ける特殊戦闘職。精霊の加護により、風や水などの自然界の力を矢として放つことができる。その威力は通常の矢の二倍前後。


なにそれ？ つまりさっきのは空気を矢にして放ったってこと？

それって残弾数無限の無敵弓使いってことだよね……ずるくね？

俺がエマリアさんの反則的な職業に驚いていると、彼女はフールドッグを引きずり戻ってきた。

「ヒビキ、フールドッグの毛皮をはぎ取るから短剣を返してもらえる？」

「うん。エマリアさん、今のって……」

「ふふ、すごいでしょ。私の職業は『精霊射手』と言ってね、風を矢に変えて放てるのよ」

エマリアさんは自慢げに言った。確かにすごい能力だ。俺もそれだったらよかったのにって思う。

「すごいね！ 残りの矢の数を気にせず打ちまくれるね！」

「うーん、実はそうでもないのよね」

「そうなの？」

「風の矢を放つとMPを消費するのよ。まあほんの少しだから、そこまで気にしなくてもいいんだけど、さすがに無限ってわけにはいかないわ」

「少しって？」

「一発につきMP1かな？」

いや、エマリアさんのMPなら五百発くらい撃てるよね？　やっぱりすごいや、精霊射手。

「じゃあ解体始めるから、ヒビキはそっちの足持っててね」

「え？　俺もやるの？」

「当たり前でしょう？　私一人で解体しろっていうの？」

「う、うん。分かったよ。後ろ足を押さえておけばいいの？」

「そうよ、皮をはぐときにズレないようしっかりね」

それから俺は、エマリアさんに言われるがままにフールドッグの足を押さえ、はがされた皮を持ったり身体を持ち上げたりした。……正直、吐かなかった俺は偉いと思う。

「うっぷ」

「だらしないわね。魔物の解体くらいでどうしてそんなに気持ち悪そうなの？」

「いや、今まではこういうことをする環境にいなかったもので。刺激が強すぎるよ……」

俺は顔面蒼白で今にも吐きそうになっていた。……ガンバ、俺！

「ふーん。とにかく、解体も終わったことだし出発しましょう」

「了解……うっぷ」

ちなみに、フールドッグで売り物になるのは皮だけらしい。肉は生臭くて食べられないし、他に有用な器官もない。皮は小遣い程度の額で売れるんだと。

……なら、わざわざ解体する必要はないんじゃ、と思うのは俺だけですか？

フールドッグの他に、魔物が襲って来る気配はなかった。やはり大抵の魔物はエマリアさんとのレベル差を察して襲ってこないようだ。

『世界地図』を見る限り、もう危険はなさそうで俺はとても安心していた。

エマリアさんに会えていなかったら、きっとこの森で死んでいたのではないだろうか？

「あと一時間くらいで森から出られそうね。ヒビキ、疲れてない？　休憩する？」

「正直疲れたけどまだ大丈夫。早く森を抜けよう」

「そうね。じゃあ、このまま進みましょう」

エマリアさんは先行しつつも俺を気遣ってくれる。俺も頑張ればエマリアさんくらいに強くなれたりするんだろうか？

それから一時間ほど歩くと、とうとう森の出口が見えてきた。

森を出るとすぐ近くに街道があるらしく、そこに沿って行けば、あと一時間くらいでローウェルの街に着くそうだ。

スマホの時計はそろそろ午後五時。あ、もう電池がホントにやばい。きっと今日中に電池が切れて、スマホは使えなくなるだろう。

ちょっと感傷的になりつつも、もうすぐ街に着く高揚感が俺の心を躍らせた。

……と、すぐに気が抜けちゃうのは俺の悪い癖《くせ》だ。森の出口で何か起きる可能性だってあるんだ。

ということで『世界地図』を改めて確認する。

「……あれ？」

「どうかした、ヒビキ？」

「いや、『世界地図』に見たことない色の点が……」

『世界地図』を確認すると後方に、初めて見る金色の点が映っていた。

方角は南東、距離はここからおよそ二キロといったところか。金色は何を意味する色なんだろう？

青色は俺自身を、赤色は魔物を、緑色は多分俺の味方（今はエマリアさん）を示している。

「近いの？」

「いや、二キロくらい離れているし、近寄って来る気配もないけど……」

何なんだろう？　気になる。

俺は『世界地図』をじっと見た。すると他にも知らない印が地図上に浮かんでいた。

「何、これ？」

「また何か見つけたの？」

「『世界地図』の端っこに矢印みたいなものが……カーソル？」

地図の端っこには、パソコンで使われる「カーソル」もしくは「マウスポインタ」によく似た矢印があった。

こんなの最初からあったかな？　……本当にカーソルなんだろうか？

俺はカーソルをじっと見つめ、「動け」と念じて視線で指示してみた。矢印もといカーソルは俺の視線に合わせて地図上を動き回る。

「やっぱりこれ、カーソルなんだ」

カーソルならクリックもできるんだろうかと思い、カーソルを俺自身を表す青色の点に合わせて「クリック」と念じた。

カチッとな。

【青点：真名部響生（レベル1）】

おお！　青点をクリックしたら俺の名前が表示された。なら、緑点も押してみよう。クリック！

【緑点：エマリア・ステインバルト（レベル21）】

点をクリックすればそれが誰だか分かるのか。それに相手のレベルも分かるみたいだ。

これを使えば、周囲にいる魔物の名前とレベルを把握できるぞ！

「エマリアさん、『世界地図』は地図上の生き物の名前を判別できるみたいだ！」

「そうなの？　それならさっきの見たことない点っていうのは？」

「待って、今確認してみる」

よーし、さっきの金色の点はその場に留まっている。カーソルを合わせて、いざクリック！

【金点：クリスタルホーンラビット（レベル10）】

……何だ、ホーンラビットか。レベル10だとさすがに、俺にはどうにもできないな。

「どうしたの、がっかりした顔しちゃって」

「だって、何かと思ったらホーンラビットだったんだもん」

「ホーンラビット？」

「そう、クリスタルホーンラビットだって……」

「クリスタルホーンラビットですって!?」

エマリアさんが急に大きな声を上げて迫ってきた。だから、近いってば！

「ど、どうしたのエマリアさん？」

「どこ!?　クリスタルホーンラビットはどこにいるの！」

「えーと、南東の方。あっちだけど……」

「分かった！　行くわよ、ヒビキ！」

「えっ⁉」

「ぼさっとしてないで、急いで！」

エマリアさんは急に回れ右をして走り出した。

……森、出ないの？

「ちょ、ちょっと待ってよ、エマリアさん！」

エマリアさんはさっきまでとは明らかに違う速度で森の中を駆ける。木々の根、ゴロゴロ転がっている石や岩、デコボコの地面なんてお構いなしで、とても追いつけない。

俺も全速力を出したけど、あっという間に見えなくなってしまった。

幸い『世界地図』があるから見失わないけど、魔物に襲われたらひと溜まりもない。

一応周囲に魔物はいないみたいなので、息を荒《あら》らげつつ追いかけていると、エマリアさんが反転して戻って来てくれた。

「ごめんなさい、気が逸《はや》りすぎてヒビキのこと忘れちゃった！」

「うん、戻ってきてくれてありがとう」

……忘れないでね。死んじゃうよ俺？

「急にどうしたの？　ホーンラビットだよ？　もう街に着くんだから肉はいらないでしょ？」

「クリスタルホーンラビットよ⁉　何でって……もしかして、ヒビキはクリスタルホーンラビットを知らない……？」

知るわけがない。キョトンとした顔で首を傾げると、再びエマリアさんの呆れ顔が……。

「ホーンラビットとクリスタルホーンラビットは別物よ！　普通のホーンラビットの角は骨だけど、クリスタルホーンラビットの角はクリスタルで形成されているの」

「……クリスタル？　水晶？」

頭から水晶が生えているの？　異世界の魔物は摩訶不思議《まかふしぎ》だなぁ。

「クリスタルの角はとても貴重よ。珍獣ユニコーンの角と同じくらいにね。あらゆる状態異常を回復させることができる『万能薬』の材料になるそうよ」

「万能薬？」


【技能スキル『辞書レベル１』を行使します】

『万能薬』

毒、麻痺《まひ》などあらゆる状態異常を回復させる魔法薬。状態異常と定義されるものであれば、呪術による呪いであっても無条件で回復できる。希少ランクＡ。


「……すごいね。もしかして、クリスタルホーンラビットって物凄く儲かる？」

「その通りよ！　最低でも金貨二百枚以上で売れるはずだわ！」

「金貨二百枚⁉」

…て、いかほど？　つられて驚いてみたけど、この世界のお金の基準が分からない。

エマリアさんがあんなに興奮しているんだから、きっとかなりの額なんだろうけど。

『世界地図』の金点は「お金を稼げるもの」を表していたのか。安直だけど分かりやすい。

「エマリアさんはクリスタルホーンラビットを捕まえたいんだね?」

「もちろんよ!」

「分かったよ。……奴はこのまま一キロくらい先にいる。案内するよ」

「ありがとう、ヒビキ」

エマリアさん、気のせいか今までで一番嬉しそうな気がする。

俺と友達になるよりも、大金が手に入る方が嬉しいですか? そうだね、嬉しいよね、グスン。

道中でクリスタルホーンラビットについて教えてもらった。

クリスタルホーンラビット(面倒くさいので以降「クリラビ」と呼称)は発見が難しいらしい。

『かくれんぼ』という固有スキルがあり、『自身を探す者に対してほぼ百パーセントの隠密性を得られる』。なので、クリラビを捕まえようと思っている者ほど見つけられないという。

さらに『隠遁《いんとん》』『隠密』『気配察知』『逃げ足』と呼ばれる危機回避系の技能スキルも持っているため、クリラビを狩るのは高ランク冒険者でも相当難しいそうだ。

そういえば、エマリアさんから何度か聞いたけど『冒険者』って何だろう?

エマリアさんに聞くときっとまた呆れ顔になるだろうから、『辞書』で検索してみるかな。

【技能スキル『辞書レベル1』を行使します】

『冒険者』

冒険者ギルドに所属する依頼請負人《うけおい》。主な仕事は魔物の討伐、捕獲、素材採取、護衛など。飼い猫探しなどの比較的安全な依頼もあるが報酬は少ない。
ギルドは世界中に支部があり、ギルド発行の身分証があれば各国を渡り歩くこともできる。世界中を旅するために冒険者になる者も少なくない。

つまり、便利屋かな？　でも仕事はハードそうだ。安全な仕事もあるけど、生計を立てるためには危険な仕事も請け負わないといけないんだろうな。

でも、身分証がもらえるのはありがたい。元の世界に戻る方法を探すためには、世界中を回る必要があるかもしれないし。

エマリアさんはCランクの冒険者らしい。Cランクがどの程度なのか聞いたら、一般的なランクだと言われた。高ランクとして扱われるのはBランクからだそうだ。

エマリアさんは結構強いと思っていたのに、普通レベルだなんて。俺、生き残れるかな？

「冒険者って俺もなれるのかな？」

「ギルドで登録すればなれるけど、ヒビキは鑑定士、非戦闘職でしょう？　冒険者は危険が多いわよ？　まあ、鑑定士はダンジョン探索時に需要があるとは聞くけど……」

そういえば『辞書』でも、鑑定士は冒険者に需要があるって記載されてたっけ。

「うーん、無理かな？」

「まずはレベルをしっかり上げないと駄目でしょうね。あとソロはだめ。パーティーを組んで行動しないと。さっきも言ったけどヒビキは非戦闘職なんだから、戦闘はパーティーの仲間にお願いして、『鑑定』や『罠感知』とかの危険回避系をメインに行動した方がいいと思うわ」

そうか。でも元の世界に帰るための旅に、無関係な冒険者を仲間にするのは気が引けるなぁ。

「ありがとう、エマリアさん。よく考えてみるよ……そろそろクリスタルホーンラビットの近くだよ。あと百メートルくらいかな」

「……ヒビキがいいなら、私がパーティー、組んでもいいけど……」

「え？　何か言った？」

「う、ううん！　何でもない！」

「そう？　ならいいけど……」

どうかしたのかな？　まあ、いいか。

『世界地図』を見ると、クリラビはずっと同じ場所に留まっていた。

「クリスタルホーンラビットがずっと同じ場所にいるんだけど、何でかな？」

……返事がない？　振り向くと、なぜかエマリアさんはショボンとした顔で俯いていた。

「エマリアさん？」

「え!?　な、なに？」

「……クリスタルホーンラビットが同じ場所に留まっているみたいだけど、理由は分かるかな？」

「あ、えーと、『世界地図』を見てみて。奴の周りに魔物はいるかしら？」

「ちょっと待って。……この辺に魔物はいないみたいだね」

「多分『気配察知』で安全地帯を見つけて休んでいるんじゃないかしら？　今なら奴も油断しているはずよ。……絶対に狩ってやるわよ！（よーし、入手難度の高いクリスタルホーンラビットをあっさりゲットして、ヒビキに『すごいよ、エマリアさん！　俺が冒険者になったら仲間になってよ！』って言わせてみせる！）」

すごい！　さっきまで項垂《うなだ》れていたエマリアさんが闘志に燃えている！

……本当にお金が大好きなんだね。

「それじゃあ、どうする？　このまま近づくと気づかれちゃうよね？」

「大丈夫よ。ここに来るまでに方法は考えておいたから」

おおっ！　流石エマリアさん。頼もしい！

そうして、俺とエマリアさんとのクリスタルホーンラビット狩りが始まった。

「まずは『気配察知』対策として、私達の音と臭《にお》いを遮断するわ」

「そんなことできるの!?」

「ふふふ、まあ見てなさい。風魔法『沈黙の風《サウンドカット》』、水魔法『吸臭の水球《オーダーカット》』」

エマリアさんが呪文を唱えると、緑色の光の粒子が俺達の周囲を回り始めた。

次に青色の光の粒子が集まり、それは小さな水の玉となって空中にプカプカと浮かんだ。

【技能スキル『魔導書レベル0』に魔法スキル風魔法レベル2『沈黙の風』が登録されました】

【技能スキル『魔導書レベル0』に魔法スキル水魔法レベル2『吸臭の水球』が登録されました】

また『魔導書』に魔法が登録された。でも、このスキルって何なんだろう……？

「水魔法『吸臭の水球』よ。周囲の臭いをその水球が吸収して、臭いを残さないようにしてくれるの。真ん中にあるくすみが、集められた臭いね」

「じゃあ、俺達を包んでいる風は音対策？」

「よく分かったわね。それが風魔法『沈黙の風』よ。魔法で作った空気の層が振動を遮断してくれるから、周囲に声や足音を隠すことができるわ」

「魔法ってすごいね！　じゃあ、このままクリスタルホーンラビットのところまで行くの？」

「いいえ、これでも奴の『気配察知』を完全に回避することはできないわ。気づかれるのを遅らせるための時間稼ぎね」

音と臭いを隠すだけでは無理なのか。熱や空気の流れでも察知しているのかな？

「これからどうするの？」

「まずは奴に気づかれないように慎重に近づきましょう。そして奴を観察するの」

「観察？」

「どんなに奴の『気配察知』を逃れて近づいたとしても、私が矢を放つ瞬間は絶対に気づかれるわ。だから奴を確実に仕留められる位置取りを決めるために、奴の速さを確認したいのよ」

「それが分かれば奴を仕留められるの？　想像していたより簡単そうに聞こえるけど……」

「それはヒビキのおかげよ。ヒビキのおかげで難易度は半減しているのよ」

俺のおかげ？　特に何もした覚えはないけどなぁ。

俺が不思議がっていると、エマリアさんが嬉しそうに説明してくれた。

「『世界地図』のことよ。奴の入手難度が高い理由は発見自体が難しいからよ。固有スキル『かくれんぼ』と技能スキル『気配察知』があるから探しても見つけられない。『隠遁』のスキルによって普段から上手く隠れているし、たとえ見つけても『逃げ足』で逃げ切ってまた『隠密』で隠れちゃうから、本当に居場所が分からないのよ。でもヒビキの『世界地図』は奴のスキルを無視して居場所を確認できる。だから奴の持っているスキルの半分以上は無力化できているってわけ」

へえ、ここでも大活躍じゃないですか『世界地図』さん！　中途半端とか思ってごめんね！

「なら気をつけなきゃいけないのは『気配察知』と『逃げ足』ってことか。だから魔法で俺達の気配を薄めて、『逃げ足』でも逃げられない位置から矢を射るんだね」

「そういうことよ。ヒビキは『世界地図』で、奴の正確な位置を確認しながら教えてちょうだい。なるべく奴に視線を送らないようにね。気づかれないように慎重に行きましょう」

「分かったよ、エマリアさん」

慎重にクリラビの側面に回った俺達は、手頃な木の裏に隠れてしばらく観察した。

奴との距離は約五十メートル。エマリアさんの有効射程距離らしい。

この距離なら的《まと》の中心に射るくらい造作もないそうだ。多少の誤差がありなら、射程距離は百メートルでもいけるんだって！

クリラビは草を食べたり虫を捕まえたりして随分楽しそうだ。

『気配察知』を信頼しているのか、そこら中を飛んだり跳ねたり走り回ったりしていた。

エマリアさんは真剣に奴を見つめていた。

切れ長の瞳が細められ、真剣な横顔がとても美しかった。狩りをするエルフって綺麗だ。

俺はエマリアさんを待つ間、ずっと『世界地図』を確認していた。

直視するとクリラビに気づかれると思って、視線をやることはできなかった。エマリアさんの邪魔はしたくない。

二十分くらい経過した頃、エマリアさんは観察を終え矢を射る準備に入った。

「……あの速度なら問題ない。多分『逃げ足』を使われてもギリギリ当てられる」

「もう少し近づいてもいいんじゃない？」

奴はこちらに気が付いた様子はない。今も楽しそうに虫と戯《たわむ》れている。

「……無理ね。遊んでいるけど奴は警戒を解いていない。これ以上近づけばきっと察知される。大丈夫よ、当てるわ」

エマリアさんの瞳にはもうクリラビしか映っていない。彼女の集中力を目の当たりにした俺は、信じて応援することしかできなかった。大丈夫、エマリアさんなら。

「エマリアさん、頑張って」

「……ええ」

エマリアさんはゆっくりと、静かに弓を構えた。

矢を持たなくてもいいから、普通よりも音を立てずに弓を引くことができる。『精霊射手』は本当に実戦向きの職業だ。

昼間は気が付かなかったけど、本来矢があるはずの場所には、さっきの風魔法と同じ緑色の光の粒子が矢の形状を象《かたど》るように集まっていた。

エマリアさんは弓の弦を力いっぱい引いている。

狙うはクリスタルホーンラビット。

そして、エマリアさんは弓の弦を弾いた！

エマリアさんの矢が放たれると同時に、俺の視線はクリラビへ向けられた。

そして俺はクリラビに『鑑定』を使う。

【技能スキル『鑑定レベル１』を行使します】
【名　前】クリスタルホーンラビット
【性　別】オス
【レベル】１０
【ＨＰ】６５／７５
【ＭＰ】１４／１４
【ＳＰ】１４／１４
【物理攻撃力】４２

【物理防御力】30
【魔法攻撃力】0
【魔法防御力】23
【俊敏性】480
【知力】14
【精神力】14
【運】10
【固有スキル】『かくれんぼ』
【技能スキル】『隠遁レベル3』『隠密レベル3』『気配察知レベル2』『逃げ足レベル6』
【魔法スキル】なし
【備考】非常に臆病だが頭が悪い。危険な目に遭ってもすぐに忘れる。ホーンラビット種で最速だが、肉体強度は最も低い。

エマリアさんの矢は速すぎて、一直線の軌跡を描く緑色の光が見えるだけだった。

エマリアさんの説明によると、彼女の風の矢は音速よりも若干速いらしい。

「私の矢は速いのよ。前に試したら、私の声が届くよりも速く、矢が的に届いていたの！」

と、自身満々だった。音の速さはおよそ秒速三百四十メートル。

クリラビとエマリアさんの距離は約五十メートル。

矢がクリラビに届くまでだいたい瞬《まばた》き一回分。逃げられる速さじゃない……はずだったんだけど。

「まさか、あの位置取りで私の矢をかわすなんて」

それは一瞬のことだった。クリラビはエマリアさんが矢を放ったと思ったら、いつの間にか視界から消えてしまっていたのだ。

急いで『世界地図』を確認すると、なんとクリラビはさっきいた場所から五百メートルは離れた場所に移動していた。

……百メートルを二秒で爆走ですか？

入手難度が高いわけだ。これを狩るなんて無理じゃないかな？

「……どうしようか？」

エマリアさんは俺の問いに答えず、沈黙している。かなりショックらしい。

『世界地図』でまだ位置は確認できてるから挑戦できるけど、どうやってアイツを仕留めたらいいんだろう？

『鑑定』で確認した通りなら、奴は襲われたことを忘れてまた遊んでいるんじゃないかな？

『危険な目に遭ってもすぐに忘れる』って、よくこいつら生き残ってこれたな。弱肉強食を舐めてるとしか思えない。まあエマリアさんの矢からも逃げ果《おお》せているんだけどさ。

さっきの動きを見る限り、一番厄介なのは『逃げ足』だ。奴のスキルの中でも『逃げ足』が一番レベル高かったし。

レベル5のスキルなんてエマリアさんでも持ってないのに。どんだけ逃げまくったんだよ！

……『逃げまくった』？

えーと、つまり……奴を仕留めそこなった原因は『逃げ足』だから。

何か出てきそうな気がする、んだけど……。

「ヒビキ」

「えっ⁉　な、何、エマリアさん？」

「もう、帰りましょうか」

「え！　帰っちゃうの⁉」

「だって、もう無理だと思うの。奴は私の渾身の矢を難なく避けたわ。あれ以上の速度と精度は今の私には出せない。あれを回避できる以上、私にはアイツを仕留めることは不可能だわ」

「でも、『世界地図』で居場所は分かるよ？　次は後ろから射れば当てられるんじゃ……」

「奴に『気配察知』されないギリギリがさっきの距離よ。どこから矢を射っても、きっとアイツの『逃げ足』で回避されちゃうわ」

やっぱりネックは『逃げ足』か。あのものすごい速さに対抗する手段がエマリアさんにも、もちろん俺にもない。どうやってアイツの速さに追いついたらいい？

……あれ？　追いつかなきゃいけないんだっけ？　追いつく必要なんて、ないよね？

「……この方法なら上手くいくかも」

「え？」

「エマリアさん、試しにもう一回やってみようよ！　これなら上手くいくかも！」

俺はエマリアさんに思いついた作戦を聞いてもらった。

「……ちょっと大変だけど、できないことはないわ。この方法ならもしかすると成功するかも。でも大丈夫なの？　このやり方だとヒビキが一番危ないわよ？」

よかった！　なら、そんなことは気にしなくても大丈夫。エマリアさんが心配してくれるのはすごく嬉しいけど、絶対にクリラビを仕留めてやる！

「問題ないよ！　次は絶対に奴をゲットしてやろうね！」

俺がやる気いっぱいに言ったら、エマリアさんは嬉しそうで優しい表情になった……可愛い。

「ふふ、そうね。ヒビキもやる気を出したことだし、もう一回頑張ってみようかな？」

「うん！　じゃあ行こう！　あっちの方角だよ！」

俺達は再度クリスタルホーンラビットのいる方角を目指す。

次は絶対にゲットしてやる。待ってろよ！

◆　◆　◆

ボクのなまえはクリスタルホーンラビットのクリでしゅ！

さっきはほんとうにアブナカッタでしゅ。アブナイのがちかづいてきてたからシャッとかわしてやったでしゅ！

まあ、ボクにかかればあんなのなんでもないでしゅけど！

あ、ムシでしゅ。もぐもぐ、もぐもぐ。おいしいでしゅ！

クサもいいでしゅけど、やっぱりムシのほうがあじがコクてすきでしゅ！

あれ？　さっきはナニからにげたんでしゅたっけ？　……まあいっか。

でざーとにクサをたべるでしゅ！　もぐもぐ、もぐもぐ。おいしいでしゅ！

あれ？　あのクサなんでしゅか？　ぴらぴらうごいてるでしゅ！　おいしそうでしゅ！

いただきますで、あっ！　とんでっちゃったでしゅ！　ぴらぴらうごきながらアッチにいっちゃったでしゅ！

ひょい！　ふんっ！

はっ！　パシッと！

やったでしゅ！　とうとうつかまえたでしゅよ！

もぐもぐ、もぐもぐ。ぷふう、そろそろおなかいっぱいでしゅ。おいしかったのでしゅ。おや？めのまえのイワのうえにヒトがねてるでしゅ？　さっきのケハイはこいつでしゅね？

チョーよわそうでしゅ。ボクにかかればイチコロでしゅ。

ぷぷ、あんなよわっちいヒトなんていたんでしゅねぇ。あんなよわっちいのニゲルひつようもないでしゅ。でもボクはあたまがいいからナニもしないでしゅ。

『キョンシーアヤヤキニチャカヨラズン』でしゅ！……あれ？　ちがったでしゅ？

まあいいでしゅ。とりあえずクサもたべたからもどるでしゅ。あのヒトがおきないようにこっそりはなれるでしゅよ。

そろそろ、そろそろ……。

――ドドドドドドドドドン！

ひにゃっ！　なんのオトでしゅ！　にげるでしゅ！　にげ、にげ……に、げ？

に、にげるばしょがないでしゅ!?

なんで!?　あたりいちめんカベだらけでしゅ!?　モリはどこいったでしゅ!?

――ピュンッ！　ドカッ！

――ピュピュンッ！　ドコッ！

いたいでしゅ！　カベをぬけられないでしゅ～！　セもたかすぎてこえられないでしゅ！

ど、どうするでしゅ？　ドコカでられるところはないでしゅか？

きょろきょろ！　きょろきょろ！　……あ！　さっきのヒトがおきてるでしゅ。

なんでしゅか、アイツ。ボクのほうをみてたってるでしゅ。なまいきでしゅ。

あ！　アイツのうしろにカベのすきまがあるでしゅ！　あそこからヌケられましゅ！

さいそくのウサギのちからをみせてやるでしゅ！

じりじり、じりじり。ねらいをさだめて。ねらうはハラでしゅ！

――ダダダダダダッ！　ダッ！

くらえ、『ツノツキ』！

――パシュンッ！

え!?　やばいでしゅ！　あぶないのがクルでしゅ！　いまのハヤサじゃよけられないでしゅ！

いそいで『ニゲル』でしゅ！　『ニゲ』……こうげきちゅうは『ニゲラレナイ』でしゅ。

――スパンッ！

……いたいでしゅ。

――ドサッ。

◆
◆
◆

「ふぅ、思いのほか上手くいったな」

俺の目の前には、エマリアさんの矢を受け息絶えたクリラビの死体が横たわっていた。奴が飛び掛かって来た時はさすがに怖かったけど、上手くいって本当によかった。

「ヒビキ、大丈夫？」

後方にいたエマリアさんが俺の元に駆け寄ってきた。

「うん、俺は何ともなかったよ」

「そう、よかった」

エマリアさんは倒れ伏すクリラビを見て、ホッと息を吐く。

「囮になるって聞いた時は心配したけど、予想以上に簡単に事が運んだわね」

「うん、こっちの思惑通りにスイスイ動いてくれたよ」

クリスタルホーンラビットは頭が悪いという鑑定結果は伊達じゃないな、ホント。

【メインレベルが上がりました。レベル１→レベル２】

【職業レベルが上がりました。レベル１→レベル２】

【技能スキル『鑑定』のレベルが上がりました。レベル１→レベル２】

【技能スキル『世界地図』のレベルが上がりました。レベル１→レベル２】

【技能スキル『辞書』のレベルがあがりました。レベル１→レベル２】

【『鑑定』より派生スキル『契約《コントラクト》レベル１』を習得しました】

【『辞書』より派生スキル『医学書《メディカルブック》レベル１』を習得しました】


「うわっ⁉」

急にいろいろ声が聞こえてびっくりした。

レベル、職業レベル、スキルレベルもいくつか上がったみたいだ。

「どうしたの、ヒビキ？」

「びっくりした。急にレベルが上がった。突然どうしたんだろう？」

「レベルが？　ああ、自分を鑑定したのね。そのクリスタルホーンラビットはレベル10だったんでしょ？　その分経験値が入ってレベルが上がったのよ。よかったわね、ヒビキ」

「でも、奴を倒したのはエマリアさんだよ？」

「とどめを刺したのは私だけど、ヒビキは作戦を考えて奴を倒すために囮までやったのよ。私達がパーティーとして認識されて経験値が入ったのよ」

「直接とどめを刺さなくても経験値が入ってレベルが上がるの？」

「そうよ。攻撃に向かない職業の人でも、経験値はパーティー内で平等に振り分けられるのよ」

「じゃあ無理に俺が敵を倒さなくてもいいってことか」

それはいいことを聞いた。強い人に手伝ってもらえればレベルを上げていけそうだぞ。

「それはそうと、私はもうＭＰがすっからかんよ。上手くいったからよかったけど」

「ありがとう、エマリアさん。この作戦が上手くいったのはエマリアさんのおかげだよ」

俺なんて囮しかやってないもんな。ここまでのお膳立ても、奴を射殺したのも全部エマリアさんの功績だし。

俺が思いついた作戦はずばり『逃げ足』封じ作戦だ。

エマリアさんが奴を捉えられないのは奴の『逃げ足』のせいだ。奴自身も速いけど、『逃げ足』さえなければエマリアさんの弓の腕ならなんとかなる。

『逃げ足』はその名の通り『逃げる時の速度を上昇させるスキル』なわけだから、奴が逃げていない状況を作り出せば『逃げ足』は使えないだろうと俺は考えた。

逃げていない時とはいつか？　それは攻撃をする時だ。それ以外の時だと、矢が飛んできたら即座に逃げる態勢を整えられてしまう。

ホーンラビットの主な攻撃方法は、持ち前の角を武器に飛び掛かる角突き攻撃だ。

飛び掛かるモーションに入ってしまえば、その最中に矢が飛んできても『逃げ足』はおそらく発動できない。

そのために俺が囮になる必要があった。レベル1で非戦闘職者である俺は、レベル10のクリラビにとって弱者に見えるはずだ。

安全地帯で寛《くつろ》いでいたクリラビを俺のところまで、エマリアさんの植物魔法『簡易植物使役《パペットリーフ》』でおびき出してもらった。

俺は奴に危機感を持たせないよう、無防備な姿をさらして奴の油断を待つ。

そして準備が整うと、エマリアさんの土魔法『土壁《アースウォール》』で俺とクリラビを閉じ込める。

この『土壁』だけど、普通に発動させてもせいぜい畳二枚分くらいの大きさにしかならない。

しかしエマリアさんは魔法陣を描いて、俺達を取り囲めるようにしてくれた。

魔法陣をあらかじめ描いておくと、いちいち呪文を唱えなくても、魔力さえ通せば魔法が発動するらしい。

エマリアさんのMPがすっからかんというのは、この土壁を生成したせいだ。

あとはこの土壁にほんの少し隙間を作ってクリラビの逃げ道を用意し、俺がそれを塞げば、逃げるために弱い俺を攻撃しようとする。

奴が攻撃のモーションに入ったところをエマリアさんが狙うって寸法だ。

しかしまさか、ここまでドンピシャで上手くいくとは……クリラビの頭の悪さが俺の想像以上だったってことかな？

エマリアさんはクリラビを両手で持ち上げ、嬉しそうに見つめていた。

「ふふふ、クリスタルホーンラビット。とうとう手に入れた。金貨二百枚……」

うん、エマリアさんは嬉しそうだ。お金が大好きだもんね。

「ありがとう、ヒビキ。あなたのおかげでクリスタルホーンラビットを捕まえられたわ」

「上手くいって俺も嬉しいよ。やったね、エマリアさん！」

俺とエマリアさんは二人でクリラビを手に入れたことを喜んだ。

「それじゃあ、街に行きましょうか。冒険者ギルドに行って換金してもらいましょう」

「えっ、今から？」

「え？」

俺に聞かれてエマリアさんは周囲を見渡す。あたりは今にも日が暮れようとしていた。

「いつの間にこんなに暗く……」

ようやく気が付いたらしい。どんだけ狩りに集中していたんだろうか。すごいんだけど大丈夫ですか、エマリアさん？

「仕方ないわね。一晩森で野営するしかないわ」

「そうみたいだね」

エマリアさんはクリスタルの角をクリラビから外すと、俺のリュックに入れた。

クリラビの肉は夕飯として美味しくいただきました。味はホーンラビットと同じかな？

◆　◆　◆

「ここが……」

「そうよ、ここがハバラスティア王国で五番目に大きな街『ローウェル』よ」

森を出発した俺達は昼前には街に辿り着いた。森を抜けた先は草原で、ローウェルの街は草原の中でその威容を誇っていた。

街より要塞に近く、石造りの大きな壁が街全体をぐるりと囲っている。高さは十メートルはあるんじゃないかな？　圧迫感がハンパない！

ああ、分かった！　城塞都市って奴だね！　それなら納得。

東西南北それぞれに門が設置されていて、俺達は一番近い東門から街に入るそうだ。

なんでも審査を受ける必要があるらしく、その順番を待つ間、俺はエマリアさんに質問した。

「どうしてあんなに大きな壁があるの？」

「もちろん魔物や侵略者から街を守るためよ。昔はこのあたりも内紛が多かったらしいわ。今ではかなり平和になったから、現在の役割は魔物対策がメインでしょうね」

普段から守備隊や冒険者が街に近づく魔物を駆除しているらしいが、それでも突発的な襲撃もあるらしい。異世界では、こんな風に街を壁が囲むのは当たり前なんだそうだ。

「ところでヒビキ、あなた身分証は持ってる？」

「持ってないよ。まずいかな？」

「審査を通れば大丈夫よ。ただし身分証のない者は、一回の入場につき銀貨三枚が必要になるけどね」

「どうしよう、お金なんて持ってないよ？」

「私が立て替えるからそこは心配しなくてもいいわよ」

「ありがとう、エマリアさん！」

「後で角を売った報酬から引いておくわね（こういうのは貸し借りなしにしておかないと、後でヒビキが困るもんね！）」

「う、うん。……そうだね」

忘れていたよ。エマリアさんはお金が大好きなんだった……。


審査は思ったよりもあっさりと終わった。

身分証を持っていないことを告げると、目の前にある大きな水晶玉に触れるように言われ、その通りにしたら「問題なし」と言われた。

街に入ると、中世ヨーロッパを思わせる雰囲気だった。

石畳の歩道に、レンガ造りの家々、大通りを走る馬車を見た時は感動した。

男性はチュニックと呼ばれる丈《たけ》の長い長袖の服を、女性は腰の部分を紐《ひも》で縛る丈の長いチュニックワンピースを着ている人が多かった。いかにも中世ヨーロッパっぽい。

仮装行列みたいと言ったら怒られるだろうなぁ。

ちなみに俺は今、学生服の上からエマリアさんに借りた外套を着込んでいる。この街中では俺の服装はどうにも浮いてしまうので、エマリアさんが気を遣ってくれたのだ。

幸い、外套は男女兼用だから俺が着ても問題ないらしい。でも、女性のエマリアさんの外套を俺が着れるってことが地味に悔しい……。

「どうかしたの、ヒビキ？　しかめ面しちゃって」

「あ、いや、何でもないよ！」

い、言えない！　エマリアさんとの体格差でヘコんでいたなんて恥ずかしくて言えない！

何か、何か違う話題を！　えーと……そうだ！

「さ、さっきの審査で俺が触った水晶って何だったのかな？」

「え？　鑑定石がどうかしたの？」

「鑑定石？」

はっ！　またしてもエマリアさんから呆れたような顔とため息が！

「鑑定石っていうのは『鑑定』を内蔵した魔法道具のことよ」

「スキルって道具でも使えるの!?」

「一部のスキルは道具や武器、防具なんかに搭載できるのよ。審査では、ヒビキを鑑定して犯罪歴がないか確認したのよ」

「そんなことできるの？　俺の『鑑定』はそんなの分からなかったよ？」

「あれは入場審査用だからよ。名前と職業、あとは犯罪歴の有無《うむ》を調べるわ」

「そうなの？」

「相手のステータスを全て見れる鑑定石は高価すぎるし、技術的にも作るのが難しいらしいわ。そんなの王都くらいにしかないんじゃないかしら？」

「すごいなぁ。俺も戦闘に役立つ魔法道具があれば戦えるかな？」

「戦闘には役立つでしょうけど、製作が難しいから出回っている数が少なく、値段も高いのよね。以前別の街で見た、炎を宿した剣なんて金貨百八十枚で売っていたのよ？」

金貨百八十枚。クリラビの角の報酬でギリギリ買える値段か。

……これも恥を忍んで聞いておいた方がいい、よね？

「金貨一枚ってどれくらいの価値なの？」

案の定エマリアさんは呆れ顔を……というか口をぽかんと開けた。

「……私の想像以上ね、ヒビキ。まさかお金の価値も知らないなんて」

「し、仕方ないでしょ。この国の通貨は俺の国の通貨とは全然違うんだもん」

「通貨はだいたい統一されてるんだけどな……まあいいわ、教えてあげる」

この大陸では『銀行国家　シュバール王国』が鋳造《ちゅうぞう》している『シュバール硬貨』が最も流通しているそうだ。

硬貨は全部で五種類。鉄貨、銅貨、銀貨、金貨、白金貨の順で価値が高くなる。

日本の貨幣《かへい》価値に換算すると、鉄貨が十円、銅貨が百円、銀貨が千円、金貨が一万円、白金貨が十万円くらいのようだ。

俺がこの街に入場するのに支払ったのは銀貨三枚だから、三千円くらい。

テーマパークの入場料みたいだけど……この世界の庶民の食費は、自炊で一人当たり一日銅貨五枚くらいらしいので、それほど安くもない。

さっきエマリアさんが言っていた炎の剣は、およそ百八十万円。食費にして三千六百日分！　そりゃ買えないわ。

……クリラビの報酬は、確か金貨二百枚以上だったよね。つまり最低でも二百万円の報酬が？

「クリスタルホーンラビットの角って物凄く高価なんだね！」

「うん、そうよ。でも……今頃かぁ」

エマリアさん、安定の呆れ顔だ。まあ、流石に気持ちは分かるけど。


そんなこんなで着きました、冒険者ギルド！

冒険者ギルドはローウェルの街の西寄りの一角にどーんと建っていた。すごく大きい。

三階建ての石造りで、白を基調とした清楚なイメージの建物だ。もっと殺伐《さつばつ》とした建物をイメージしていたけど健全な感じだな。

二人でギルドに入ると、正面に受付カウンターが三つ、入り口から見て右の壁一面には、メモ用紙がびっしりと貼ってあるボードがあった。

左奥には階段があり、そこから二階へ上がれそうだ。

ギルドの中には十人くらいの冒険者と思われる人達がいたけど、俺達に関心はないみたい。

エマリアさんは迷うことなく正面のカウンターへ足を運ぶ。俺もエマリアさんに付いていった。

「ジュエル、ちょっといいかしら？」

「あら、エマリア様。本日はどのようなご用件でございますか？」

エマリアさんは真ん中のカウンターに座る受付嬢に話し掛けた。褐色《かっしょく》の肌に、肩まで伸びた銀髪のコントラストが美しい、二十歳くらいのお姉さんだ。

そして何より気になるのが、頭部に見える猫みたいな耳。これはきっと大樹が言っていた「ネコミミ」とかいう奴だ。……可愛いなぁ。

「今日はまず、この子の冒険者登録をしたいの」

「は、はじめまして綺麗なお姉さん！　ヒビキ・マナベです！」

「まあ、綺麗だなんて。お世辞でも嬉しいですわ」

「お世辞じゃないよ！　とっても綺麗だよ！」

「ふふふ、私は受付担当のジュエルと申します。よろしくお願いいたしますわ、ヒビキ様」

エマリアさんに負けず劣らずの綺麗なお姉さんで緊張した。この大陸では、家名は名前の後に言うのが普通らしいので『ヒビキ・マナベ』と名乗った。

ドキドキしながら挨拶したけど、ジュエルさんは優しく応えてくれた。ほっとひと安心。

……エマリアさん、どうして俺を睨んでるの？

「……ジュエル、さっそくだけど登録済ませちゃって」

「あらあら、エマリア様。とんだ誤解ですわよ？」

「何のこと？」

「ふふふ、ではヒビキ様の登録を済ませてしまいましょう」

なぜだろう？　とっても不穏な雰囲気なんだけど。そしてなぜか周りからも視線を感じる。さっきまで無関心だったのに、どうしたんだろう？　ジロジロ見ないで！　なんか怖い！

「ではヒビキ様、こちらの用紙に必要事項を記入してくださいませ」

ジュエルさんが用意したのは冒険者ギルドの入会申込書だった。

俺はその場で用紙に必要事項を書いていった。『翻訳』は会話だけでなく文字の読み書きにも対応してくれるらしく、特に困ることはなかった。

「お名前は、ヒビキ・マナベ様。職業は鑑定士でございますか。年齢は……十六歳？」

「うん、十六歳だよ」

するとジュエルさんは、思わずといった感じでエマリアさんを見た。

エマリアさんは諦めたような顔で、ジュエルさんに深く頷く。何それ？　どういう合図？

「ず、随分お若く見えますのね……」

せめてあと十歳くらい年を取ってから言われたかった。今言われても全然嬉しくないよ、ジュエルさん。エマリアさんもその顔やめて！

「えーと、問題ないですか？」

「え？　あ、だ、大丈夫ですわよ。問題ございませんわ。ではさっそく、登録手続きを済ませてしまいましょう。少々お待ちくださいませ」

ジュエルさんは俺が記入した申込用紙を、目の前にあった箱に投入した。

しばらくすると投入口から、さっきの用紙ではなく、名刺サイズのカードが出てきた。

「これがヒビキ様のギルドカードでございますわ」

ジュエルさんが差し出したカードには、『冒険者ギルド　ローウェル支部発行　ギルド会員ヒビキ・マナベ　Fランク』と記載されていた。

「それではヒビキ様、このカードに手を置いてくださいませ」

俺が言われた通りにすると、カードは数秒間だけ柔らかな光を放った。

「はい、これで登録が完了しました。ヒビキ様は現時刻より冒険者となりましたわ」

「わあ！　ありがとう、ジュエルさん！」

俺はニコニコしながらカードを受け取ってお礼を言った。

「でも、このFランクって何ですか？　それにこのカードってどう使えば？」

「あらあら、それでしたら今から冒険者ギルドのご利用方法についてもご説明いたしますわ」

「はい、お願いします！」

ジュエルさんは懇切丁寧《こんせつていねい》に説明してくれた。

「まず冒険者のランクについてですが、Fから始まり、E、D、C、B、A、Sの七段階がございますわ。Fが最下位ランク、Sが最上位ランクですわね」

「ランクが違うと何かあるんですか？」

「冒険者ギルドが発注している依頼は、ランク別に分けられておりますわ。どのランクでも一つ上のランクまでの依頼を受注可能です。ヒビキ様の場合Fランクですから、Eランクまでの依頼を受けることができますわ。もちろんランクが高くなるほど報酬の額も高くなります」

「そうなると、Cランクの人がFランクの依頼を受けることはできないんですか？」

「ご自身のランクより下のランクの依頼を受ける分には、規制はございませんわ。あまりお勧めはしませんが」

ランク分けは冒険者の能力と難易度を考慮したものらしい。なら俺の場合、Eランクも受けることはできるけど、Fランクの依頼を受けた方が安全というわけだな。

あと、ランクが高くなるほどギルドでの待遇も良くなるらしい。

高ランク冒険者にしか開示されない情報とか、通常では購入できないアイテムとか、そういったものが与えられるそうだ。

ただし、優遇される分義務も生じる。Cランク以上の冒険者になると、依頼主が担当冒険者を指定できる『指名依頼』に参加する必要があるそうだ。もちろん断ることもできるが、国などの公的機関や貴族からの指名依頼を断るのは大変らしい。

あまりランクが高くなると、自由に動けなくなるかもしれない。

「ランクを上げる方法は二通りですわ。一つは地道に依頼をこなして、ギルドから認められた場合に昇格する方法です。普通はこの方法でランクアップを目指します。もう一つは昇格試験ですわ」

「昇格試験？」

「これはギルドが指定した筆記試験、模擬《もぎ》戦闘試験、依頼試験を受けていただき、好成績を出した方がランクアップできる制度です」

「そっちの方が安全で簡単そうだけど？」

「昇格試験は難易度が高いのよ。まず筆記試験の時点で、合格率がたったの二割しかないわ」

合格率、低っ！　どんだけ難しいの、筆記試験⁉

「まず文字の読み書きができる冒険者自体が少ないのですわ。それでも、冒険者としての基本知識をしっかり把握できているかを知るためには、筆記試験は必要ですので外せません」

ジュエルさんはちょっと困った顔で教えてくれた。

「ヒビキ、昇格試験に合格できれば早くランクアップできるけど、ヒビキの場合はレベルも低いし職業も非戦闘職だから、地道に依頼を受けて実力をつけた方がいいわ」

「確かにそれもそうだね。ジュエルさん、ランクについては分かったのでギルドの利用方法について教えてください」

エマリアさんの説明に納得した俺は、ジュエルさんに説明を続けてもらった。

「では依頼の受け方と依頼達成時の報告についてご説明しますわ」

依頼はギルドに入って右手にあるクエストボードから選ぶらしい。

壁一面に貼られたメモ用紙、あれが依頼書だそうだ。

各依頼書はランク別に分けられ、俺ならEとFのボードに貼られている依頼から選ぶことになる。

選んだ依頼書とカードを受付カウンターに提示して、受注書を発行してもらうそうだ。

依頼を達成した場合はカードと受注書に加えて、討伐依頼なら魔物の討伐証明部位を、素材採取ならその素材を、護衛任務なら依頼完了証明書を一緒に提出して依頼達成と認められる。

そうすると、依頼達成報酬をギルドからもらえるそうだ。

……冒険者の識字率は低いってさっき言っていたはずだけど、そもそも依頼書読めるのかな。

「文字を読める人って少ないんですよね？　みんなどうしているんですか？」

「依頼書には依頼の種類を示すマークが付いておりますの。『草』なら採取、『剣』なら討伐、『盾』なら護衛を意味しておりますわ。内容を詳しく知りたい方は受付で確認して依頼を受けますのよ」

「依頼を達成できなかったらどうなるんですか？」

「その場合は依頼失敗とギルドカードに記録され、違約金をお支払いいただくことになりますわ。お値段は依頼によりますが、だいたい報酬額の三割くらいですわね」

「つまり、ちゃんと自分に見合った依頼を受けないと……」

「あっという間に破産ですわね」

ジュエルさんは少し楽しそうにニッコリと微笑んだ。

「……気を付けます」

「ぜひそうしてくださいませ。あとあまりに依頼失敗の回数が多くなりますと、ランクの降格や冒険者資格の剥奪《はくだつ》もありますので、本当にご注意くださいませ」

うげ、結構シビアだよ。エマリアさんを見ると、当然とばかりに頷き返された。使えない奴はクビになっても仕方がないって考えなんだろうけど、世知辛《せちがら》いなぁ。

「分かりました。依頼は十分に吟味《ぎんみ》して選びますね」

俺は笑顔で答えたつもりだったが、どうにも引きつった笑顔になってしまった。

「さて、ギルド利用のご説明もこんなところで大丈夫でございましょうか？」

「最後に、依頼の受注も報告もこのカウンターでするんですか？」

「ええ、基本ここで受け付けておりますわ。大きな獲物を提出する場合もこちらで受付を済ませてから、奥の解体倉庫で行っていただきますの」

「分かりました。いろいろ教えてくれてありがとうございます、ジュエルさん。これからよろしくお願いします」

冒険者ギルドについて基本的なことはこれで分かったかな。丁寧に説明してくれたジュエルさんにお礼を言って頭を下げた。

「ふふふ、ヒビキ様はとっても礼儀正しい方ですのね。こんな可愛らしい方、一体どこで拾われたの、エマリア様？」

「……本当に、どこから来たのかしらね？」

拾うって……俺は野良犬じゃないんですよ、ジュエルさん！

エマリアさんはエマリアさんで、またため息ついてる。どうしたんだろう？

「本日のご用件は以上でよろしいですか？」

「そうね、ヒビキはもういいわよね？」

「うん、俺はこれで大丈夫だよ」

「あら、エマリア様はまだご用件がございますの？」

ジュエルさんが質問すると、エマリアさんはにんまりと不敵な笑みを浮かべて本題に入った。

そう、今からエマリアさんの大好きなお金の話だ。

「ふふ、悪いんだけど応接室を手配してちょうだい。買い取ってほしい素材があるのよ」

「あらあら、それでしたらまずはここで拝見させていただきたいですわ」

「周りの冒険者には知られたくないのよ。……群がること必至よ。ヒビキ、背負い袋の蓋《ふた》を開けてちょうだい」

俺はエマリアさんに言われるままにリュックをカウンターに置き、そのふたを開けた。

「まあ、一体何が入っていますの？　……!?」

リュックの中を覗いたジュエルさんは数秒自失して、すぐに目を瞬かせた。さっきまで丸かった瞳孔《どうこう》は一瞬にして縦長となり、まさにネコって感じの眼になった。驚いたのかな？

「エマリア様！　こ、これは……」

「応接室の用意、頼める？」

「そ、そうですわね。すぐにご用意いたしますわ！」

ジュエルさんはそのままカウンターの奥へ姿を消した。

しばらくして戻って来たジュエルさんに案内されて、俺とエマリアさんは二階にある応接室に案内される。

応接室は八畳くらいの広さで、真ん中にはガラス製のローテーブル、それを挟む形で二つのソファーが置かれていた。

片方のソファーには、壮年の男性が座っていた。

赤い髪は耳周りを短く刈《か》ったツーブロック。無精《ぶしょう》ひげを生やし、金の瞳は歴戦の戦士のように鋭く、じっとこちらを見据えている。まさに筋骨隆々で、身長は二メートルを超えているだろう。タンクトップにズボンという露出度の高い格好なものだから、鍛え上げられた筋肉は惜しげもなく披露されていた。

エマリアさんとジュエルさんは応接室でその人を見た瞬間、眉をひそめ面倒くさそうな顔をした。筋肉の人はさらに目つきを鋭くして、俺に視線を向けた。さっき見た時より眼光が強く、大変な威圧感を覚える。

……そして俺は、肩を震わせ興奮して言った。

「お、お、男らしい！」

筋肉の人は目を見開き、俺を見続けている。

「見てよ、エマリアさん！　あの人の筋肉！　すっごいガッチガチのモリモリだよ！　体も大きいし、目つきも鋭くてカッコいい！　いいなあ、俺もあんな風になりたいなあ！」

そう、目の前の人はまさに俺の理想の姿をしていた。

俺だって日本で筋トレはやってたんだ。背が低いことは何だかんだでコンプレックスだったから、せめて身体を鍛えようと頑張った。でもダメだった。

目つきも男らしくしてみようと試したが、友人に「何、拗《す》ねてんの？」と言われた。

そんな俺の言葉を、エマリアさんとジュエルさんはなぜか青い顔をして聞いていた。

……二人ともどうしたんだろうか？

そんな中、筋肉の人が口を開く。

「分かるか坊主《ぼうず》！　この俺の努力と根性の結晶の価値が！」

筋肉の人はさっきまでの鋭い眼光を和らげ、それはそれは嬉しそうに筋肉自慢を始めた。

逞《たくま》しい両腕を持ち上げ、ボディビルでいうダブルバイセップスのポーズを決める。

盛り上がった上腕二頭筋を見て、俺の眼はキラキラとした輝きを隠せない。

「すっげー！　お兄さんすごいよ！　カッコいい！」

俺の興奮は止まらない。

「お、お兄さんはさすがに……。そんな歳じゃねえぞ？」

カッコいいポージングをしつつ謙遜《けんそん》する筋肉の人、男らしい！

「じゃあ、兄貴で！」

「おう、兄貴か！　いいな、それでいこう！」

「俺はヒビキ・マナベって言います、兄貴！」

「俺はこの冒険者ギルド、ローウェル支部のギルドマスター、バルス・デリアードだ！　よろしくな、坊主！」

「やだな～、そこはヒビキって呼んでくださいよ、バルス兄貴！」

「はっはっはっ！　そうだな、よし！　よろしくな、ヒビキ！」

「よろしくお願いします！」

そうして俺はバルス兄貴の隣に座って二人で筋肉談義に勤《いそ》しんだ。こんなに楽しいのはこの世界に来て初めてかもしれない！

俺とバルス兄貴が盛り上がる一方、応接室の入り口には口をぽかんと開けてフリーズしている二人の美女がいたんだが、そのことをすっかり忘れてしまっていた。

いやあ、楽しい！　会話が弾む弾む！　親友の大樹はあんなに筋肉がついてるくせに、話す内容はアニメやゲームのことばっかりで、ついていけなかったんだよね！

いや、もちろん親友のことは大好きですよ？

「バルス兄貴、俺こんな小柄だから筋トレしても全然筋肉がつかなくて……」

「だったらまずは広背筋《こうはいきん》を鍛えな、ヒビキ！」

「広背筋、背中の筋肉ですか？」

「ガタイを大きく見せたいなら上半身から鍛えた方が見栄《みば》えがいいだろう。その中でも背中は筋肉量が多いからな、鍛えたら大きくなりやすいんだ」

「そうか！『男は背中で語る』ですね！」

「分かってんじゃねえか。鍛え上げられた広背筋は、男の全てを語るってな！」

「カッコいい、兄貴！」

もう俺の興奮は制御不能になっていた。この限界知らずのリビドーを抑えられる者などいるだろうか!?　いや、いるわけがない！

と思っていたら、俺の意識から外れてしまった人達がなんとかしてくれました。

「水魔法『水球生成《ウォータークリエイト》』！」

「水魔法『頭を冷やしなさいませ、バカ（冷水召喚《コールドウォーター》）』！」

――ざぶーん！

「わぷぷふぁああ！」

「ひぃいいいい、つめたっ！」

俺は突然現れた水の塊をぶつけられひっくり返り、バルス兄貴は冷やされた水の塊を背中にぶっかけられて悲鳴を上げた。

「いい加減、目は覚めた？」

なぜだろう？　エマリアさんとジュエルさんが、それはそれは冷ややかな目で俺と兄貴のことを見つめていた。

【技能スキル『魔導書レベル０』に魔法スキル水魔法レベル１『水球生成』が登録されました】

【技能スキル『魔導書レベル０』に魔法スキル水魔法レベル１『冷水召喚』が登録されました】

こんな状態になっても『魔導書』に登録されるんだ。……て、そんなことよりも！

「ひどいよ、エマリアさん。いきなり水をぶっかけるなんて！」

そう、俺に水の塊をぶつけてきたのはエマリアさんだった。急に魔法で攻撃するなんて一体どうしちゃったんだ!?

「ひどいのはヒビキでしょう！　どれだけ正気に戻るのを待ったと思ってるの!?」

「本当ですわ、ヒビキ様。バルス様も。さっきまでは明らかにおかしかったですわ！」

そう言って二人は壁掛け時計を指差した。

「「わーお」」

俺と兄貴は全く同じリアクションをとってしまった。

……いつの間にか一時間も経っていたのだ。

「俺達、そんな長時間しゃべってたのか……？」

「全然気が付きませんでした……」

「そうだよな、まだ五分くらいしか話してない気がする」

「俺もです……」

「だったらよ、ヒビキ。これから俺んちに来いよ！　成人してるんだろ？　酒でも飲みながら語り合おうぜ！」

「えっ、いいんですか!?　どうしようかな……俺、酒なんて飲んだことないし」

「なあ、行こうぜ！　最近手に入れた美味い酒があるんだ。ちょっとだけ、一口だけでいいからさ、飲もうぜ！」

「うーん、ホントに行ってもいいんですか？」

「おうよ！　男の嗜《たしな》みってやつをお前に教えてやるぜ！」

「わあ！　行きます！　俺、兄貴の家に遊びに行きます！」

「よし、そうと決まればさっそく……」

「水魔法『冷水の滝《コールドカスケード》』！」

ざっぶーーん！

「ぎゃあああああ!?」

俺と兄貴はかなり冷たく、そして巨大な水の塊によって部屋の隅まで流される。結果、壁に頭をぶつけて二人とも気を失ってしまった。


【技能スキル『魔導書レベル０』に魔法スキル水魔法レベル２『冷水の滝』が登録されました】

『魔導書』さん、お勤めご苦労様です……ぐふ。

◆◆◆

「「すいませんでした！」」

現在、俺とバルス兄貴はエマリアさんとジュエルさんの前で土下座だ。兄貴との出会いが運命的すぎて頭のネジが飛んでしまったらしい。

「時間を無駄にしましたのよ？　バルス様」

「は、反省してる！　すまなかった、今度は二人きりの時に誘う！」

「ちゃんと反省しているの？　ヒビキ」

「ごめんなさい、エマリアさん。今度は四人で筋トレについて話をしよう！」

つい俺と兄貴だけで話をしてしまった。目の前にエマリアさんとジュエルさんもいたのに。

確かにこれは男らしくない。二人をのけ者にしてしまった。でも、次はちゃんと二人も誘って筋肉談義に花を咲かせよう！

ちらりと二人の表情を窺うと、なぜか大きなため息をついて呆れていた。あれ？　なんで？

「これ以上話をしても無駄のようですわ、エマリア様。主に私達の時間と労力が」

「……そのようね」

何だかよく分からないけど、お説教は終わったらしい。ほっとひと安心。

「いい加減、本題に入りましょう。そっちも本来は忙しいんだし」

「ええ、もっともですわ。うちのギルマスは本来、大変忙しいはずですものね」

……どうやらまだ許してはいただけていないようで。

ちなみに、水浸しになった俺達と部屋はエマリアさんの風魔法で簡単に乾かされた。もちろんその魔法も『魔導書』に登録された。……俺には使えないけどね。

というわけで、俺達はソファーに着席したわけだけど。

「ヒビキ、こっちに座りなさい」

「へ？」

俺はさっきと同じくバルス兄貴の隣に座っていたけど、よく考えればおかしいよな。仕方がない。

「バルス様、そのヒビキ様の腰に回そうとしている手をおどけください」

「は？　え？　……うわ！」

突然何を言うのだろうと思い、俺とバルス兄貴は二人して俺の腰に目をやった。するとそこにはジュエルさんが言う通り、確かにバルス兄貴の手があった。何でこんなところに兄貴の手が？

「兄貴？」

「ち、違うぞ、ヒビキ！　気がついたら、いつの間にかで、別にそんな意味は……！」

「そんな意味？」

そんなってどんな意味だろうか？　キョトンと首を傾げる俺に対して、バルス兄貴はあわあわと顔を赤くしていた。本当にどうしたんだろう？

なぜか慌てふためくバルス兄貴を無視して、ジュエルさんが俺に、エマリアさんの隣に座るよう勧めた。にっこり笑っているが目が全然笑っていない。

俺は素直にエマリアさんの隣へと向かった。二人とも何だか怖いよ？　逆らえない雰囲気だった。

「さて、本題に入りましょう。エマリア様、買い取りをご希望される素材をお見せくださいませ」

「ええ、これよ」

エマリアさんは俺のリュックから透き通ったクリスタルの角を取り出した。

「これは、まさかクリスタルホーンラビットの角か!?」

さっきまで赤面していたバルス兄貴は、テーブルに置かれたクリラビの角に目を見開いた。

「そうよ、ローウェルの東の森で見つけて狩ったのよ」

「よく狩れたな。それにこの角の大きさ、少なくともレベル8はあったんじゃないか？」

バルス兄貴は角を手に取っていろいろな角度から観察している。

「ええ、確かレベル10だったはずよ、そうよねヒビキ？」

「うん、鑑定したらレベル10だったよ？」

「「レベル10……!?」」

バルス兄貴とジュエルさんが声を揃えた。

「どうしたの？　そんなに驚くことなの？」

「当たり前だろ！　クリスタルホーンラビットはレベルが高くなるほど『逃げ足』の速度も増すんだ。最近で最後に角が手に入ったのは三年前で、レベル4だったはずだ」

「その通りですわ。確かその時の大きさは十センチくらい。でも今回の角は三十センチ以上ありますわ。こんなに大きな話は聞いたことがございません」

どうやら希少価値の高いクリラビの角の中でも、質がよいものだったらしい。隣のエマリアさんがとっても嬉しそうだ。

「それじゃあ、いくらでこれを買い取ってくれるのかしら？」

エマリアさんの笑顔がすごい。きっと人生で最高の笑顔なんじゃないだろうか？

エマリアさんだけじゃない。バルス兄貴もクリラビの角を見て興奮している。

あの体格からしてバルス兄貴も冒険者だったんじゃないかな？　それで珍しい素材が舞い込んできてテンションが上がっているんだろう。

対してジュエルさんは、バルス兄貴が持っている角を眺めながら算盤《そろばん》みたいなものを弾いて計算をしていた。うーん、俺にできることはなさそうだな。

「よし、金貨四百枚でどうだ？」

ジュエルさんに耳打ちされたバルス兄貴が、買い取り額を提示した。

金貨四百枚⁉　エマリアさんが言っていた相場の二倍だ！

日本円にして約四百万円。すごいぞ、エマリアさんもホクホクだね！　って、なぜかエマリアさんが不満そうだ。

「馬鹿にしてんじゃないわよ。もっとするでしょう？」

ええ⁉　この額で不満なの、エマリアさん⁉

「三年前のクリスタルホーンラビットの角は、確か金貨二百三十枚で売れていたはずよ。その三倍の大きさのこの角が二倍にもならないなんて、ありえないわよ？」

エマリアさん、そんなことまで調べていたんだ。

足を組んでふんぞり返るエマリアさん、デキる商人みたいだ。

「それでは金貨五百枚でいかがでございますか？」

ジュエルさんが新たな買い取り額を提示するが、エマリアさんはまだ不服そうだ。

「もう一声。金貨八百枚でどうかしら？」

ええええええ⁉　さすがにそれは吹っかけすぎじゃないの、エマリアさん⁉

「さすがにそれは……五百五十枚でどうだ？」

あまりの要求額にバルス兄貴が不機嫌そうに返す。

「七百八十枚」

「……六百枚でどうだ？」

「ふぅ……七百五十」

「ぐ、六百五十枚で……」

「七百二十枚……」

「六百八十……」

「王都の冒険者ギルドは羽振りがよさそうね。高く買い取ってくれるかしら？」

「くううう！　分かった金貨七百枚！　これでいいだろ！」

バルス兄貴は泣きそうな顔で投げやりに告げる。対するエマリアさんは「まあ、こんなもんか」

という表情で軽く頷いた。

「取引成立ね」

結局、エマリアさんは最初の提示額より金貨三百枚も高い金額で角を売った。

「やったわね、ヒビキ！　これで山分けしても一人金貨三百五十枚よ！」

「そ、そうだね。すごいやエマリアさん」

「ふふーん、そうでしょ、そうでしょうとも！」

俺の声のトーンが若干引き気味なことにエマリアさんは気づいていない。

「それでは私は会計手続きをして参りますわ。角も金庫に保管して参りますので、お手数ですがしばらくお待ちくださいませ」

ジュエルさんはさっとバルス兄貴からクリラビの角を取り上げると、ニコリと笑って扉に向かった。さっきまでの冷たい笑顔は消えてなくなり優しい表情だった。

「ジュエル、あなた交渉の最後は傍観《ぼうかん》してたけど、よかったの？　あの額、本当は予算オーバーなんじゃない？」

「何!?　そうなのか、ジュエル！」

え、バルス兄貴、買い取り予算を知らないで交渉してたの？

「あらあら、エマリア様はお見通しでしたのね。実は金貨百枚分、予算オーバーですわ。でもご安心ください。オーバー分は今後一年間、バルス様の給与から天引きしておきますわ」

「な、なにーーーー!?　ジュエル、どういうことだ!?」

「ふふふ、予算も知らずに交渉なさっているバカマスにはいいお灸《きゅう》ですわ」

そう言うとジュエルさんは応接室を出ていった。

バルス兄貴は完全に意気消沈して、項垂《うなだ》れてソファーに座っている。

ただ、ちょっと疑問なんだけど……。

「エマリアさん、ギルドマスターの給与を受付担当のジュエルさんがどうこうできるものなの？」

「ヒビキには言ってなかったわね。ジュエルは受付兼副ギルドマスターなのよ」

「副ギルドマスター!?　なんで受付なんてやってるの？」

「管理の仕事だけだと、現場での対処が遅れるからなるべく関わりたいんですって」

ああ、現場主義の管理職お姉さんなのか、ジュエルさん。そういう人がいてくれると冒険者も助かるだろうな。うん、納得！

そんな話をしている間に、ジュエルさんが戻ってきた。

「それでは今回の取引に関する買い取り契約書を作成しましたのでご確認のうえ、ご署名くださいませ。あと、報酬は現金でご用意しますか？　それともギルド銀行にお預けになりますか？」

「銀行なんてあるんですか？」

「はい。金貨七百枚なんて持ち歩くのは危険ですし、重くて大変ですもの。ギルドに預けて、必要な時に各ギルドで引き出していただけばよろしいですわ。預金額もギルドカードに記録されますからご安心ください」

俺もエマリアさんも、報酬は半々にしてギルド銀行に預けることにした。

街の入場料分はきっちり差っ引《ぴ》いてもらいましたとも……エマリアさん、忘れてなかった。

お金のやり取りが終わった瞬間、最近よく聞く例の声が頭の中に響いた。


【固有スキル『チュートリアルレベル1』がレベルアップ条件を達成しました】

【達成条件①技能スキル『鑑定』を行使する……クリア】

【達成条件②単独で魔物を討伐する……クリア】

【達成条件③パーティーで魔物を討伐する……クリア】

【達成条件④危険ランクF以下の安全圏に身を置く……クリア】

【達成条件⑤生活資金を確保する……クリア】

【固有スキル『チュートリアル』のレベルが上がりました。レベル１→レベル２】
【『チュートリアル』レベルアップに伴い、『案内人』による支援が終了します】
【『チュートリアル』レベルアップに伴い、『スキルサポート』が起動します】

……どういう意味？

固有スキル『チュートリアル』がレベルアップって、このスキルって何なんだろうか？　レベルアップの達成条件っていうのも意味不明だし。

そういえば『辞書』のレベルも上がったんだっけ。もしかしたら今検索したら出てくるかも。

『辞書』で『チュートリアル』を検索！

【技能スキル『辞書レベル２』を行使します】
【検索カテゴリを設定してください「言語検索」「スキル検索」「魔物検索」】

レベル２になって検索できる種類が増えた？　えーと、なら「スキル検索」。

【『辞書』より『チュートリアル』をスキル検索します】
【検索結果を表示します】
固有スキル『チュートリアル』希少ランクＳＳＳ以上

『異世界の漂流者』の称号を持つ者の中でも、特に生存率が低いと判断された者に与えられる救済スキル。この世界で生存するための最低限の知識と技術が学べるように、運命レベルで神から支援を得られる。最大レベルは3。レベル3の全達成条件をクリアすると、このスキルは消滅する。

（ちなみに、君以外に召喚された者達は全員召喚者のところにいるよ。すぐ死んじゃうなんてことはないから安心してくれていいよ！　あと、なるべく死なないように助けてあげるけど、あくまでなるべくだから！　自衛はきちんとね。じゃーねぇ。神より）

えーと、何これ？

つまり、チュートリアルは自動的に俺を守ってくれるスキルってこと？

メイズイーターの草原にホーンラビットがいたのも神様のサポートってことかな？　『鑑定』を使うための布石？

とりあえず神様、サポートありがとうございます！　おかげで生き残っています。

（そうそう、崇《あが》め奉《たてまつ》ってねぇ。その方がやる気出ちゃうよ！）

……何か変な声が聞こえた気がするけど、多分気のせい気のせい。

となると、もしかして俺が草原を脱出してすぐにエマリアさんが来てくれたのも、神様の用意してくれた巡り合わせなのかも。

さすが神様！　美人のお姉さんとの出会いをくれてありがとう！

そういえば『チュートリアル』がレベル2になったから『案内人』の支援が終わるって言ってたけど、もしかしてそれって……。

「そうそうエマリア様、先程カウンターに行きましたら、エマリア様への指名依頼が来ておりましたのよ」

「私に指名依頼？」

ジュエルさんはエマリアさん宛ての指名依頼書を差し出した。

「私に指名依頼なんて、一体誰かしら？」

不思議そうな顔で依頼書を読むエマリアさん。どんどん神妙《しんみょう》な顔つきになっていく。

ああ、つまりきっと……。

「ヒビキ、悪いんだけどどこでお別れしましょう」

やっぱりそうなるか。

「どんな依頼だったの？」

「ごめんなさい、内容は言えないわ。私の故郷からの依頼なのよ」

「俺も一緒に行くことはできないの？」

「ダメね。私の故郷にはヒト種のヒビキが入ることはできないの。それに今のヒビキのレベルではとても生きて辿り着けないわ」

「うーん、そうなのか」

「もう少しそばにいてあげようと思ったんだけど、ごめんなさい」

エマリアさんが申し訳なさそうに謝った。

「エマリアさんには十分助けてもらったよ。こちらこそありがとう。エマリアさんにはエマリアさんの事情があるんだから、そんなこと気にしないで行ってきてよ」

「ヒビキ……」

やっぱり『案内人』っていうのはエマリアさんのことだったんだ。

それにしてもまるで計ったようなタイミングで指名依頼が来たな。俺のレベルアップのタイミングとかも神様はしっかり予想して何か起こしているのかな？

「ご安心くださいませ、エマリア様。ヒビキ様のことは冒険者ギルドでもできる限り支援しますわ。そうですわね、バルス様？」

「お？　おう！　任せておけ、ヒビキ！　俺が冒険者の何たるかを手取り足取り、何から何まで全部しっかりみっちり教えてやるからな！」

ビシッとサムズアップしたバルス兄貴が俺に満面の笑みを向けた。

「ありがとう、バルス兄貴。……意味はよく分かんないけど」

「……やっぱり心配で仕方がないんだけど」

「ご安心ください、エマリア様。ギルドマスターにそんな時間はありませんし、与えませんわ。ヒビキ様には指一本触れさせませんので」

「な⁉」

「本当に、いつの間にこんな変態に成り下がってしまったのでございましょうか」

ジュエルさんが、バルス兄貴をゴミでも見るような目で見下ろしている！　どうしたの⁉

「ち、違うぞジュエル！　別にそんな意味じゃ！」

「あらあら、そんな意味って一体どんな意味なのでございましょうか？」

「ひぃいいい⁉」

ジュエルさんを見て、俺も兄貴と同じく「ひぃいいい⁉」と思った。

笑顔なのに何なの、その威圧感は⁉

「ヒビキ、あなた泊まるところはまだ決めてないわよね？」

「え？　そりゃもちろん。ずっとエマリアさんと一緒だったし、決める時間なんてなかったよ」

「だったら、今私が泊まっている宿をそのまま借りればいいわ」

「え、いいの？」

「あと三日分宿泊費は払ってあるから、そのまま泊まって大丈夫よ。宿屋の荷物を回収したら旅支度をして、すぐに出発するわ」

「本当に急だね」

「なるべく早く出発しないと。行くだけでも二ヶ月くらいは掛かるから」

エマリアさんの故郷はかなり遠くにあるみたいだ。自動車とか飛行機がないこの世界では、徒歩か馬車くらいしか移動手段がないらしい。本当に大変だ。

「ありがとう。それじゃあ、遠慮なく使わせてもらうね」

「いいのよ。それじゃあ私達はこの辺で失礼するわね、ジュエル」

「あらあら、畏《かしこ》まりましたわ。ではすぐに受注書を発行しますわね」

「ジュエルさん、バルス兄貴。今日はありがとうございました！」

「ふふふ、これからもよろしくお願いいたしますわ」

「ヒビキ！　またギルドに来たら会いに来いよ？　待ってるからな！」

「はい、兄貴！　もっと筋トレの話をしましょう！」

「おうよ！　一緒に酒飲むのも忘れんなよ？」

バルス兄貴が顔を真っ赤にして喜んでくれている！

そんなに筋トレの話をするのが楽しみなのか。よーし、次回は現代日本の筋トレ知識を存分に披露するぞ！

「……ジュエル、本当にお願いね」

「大丈夫ですわ。アレもまだ無自覚のようですし、お任せくださいな」

エマリアさんとジュエルさんが何やら真剣に話していた。一体何の話だろうか？

ギルドを後にした俺達は、エマリアさんが泊まっている宿屋『微笑の女神亭』へ向かった。

エマリアさんによると、値段もお手頃なうえに料理も美味いらしい。

だが何より俺が注目したのは、宿屋に入ってすぐのカウンターに佇むお姉さんだった。

エマリアさんに負けず劣らずの金髪をポニーテールにしている。エマリアさんが綺麗系美人とするなら、この人は癒《いや》し系美人って感じだ。

年齢は二十五歳くらいかな？　まさに微笑の女神！

「いらっしゃいませ、微笑の女神亭へようこそ。って、エマリアじゃない」

「ただいまターニャ」

「おかえりなさい。あれ？　隣の子は？」

「紹介するわね、ヒビキよ。冒険者なの」

「こんにちは、ヒビキです。よろしくお願いします、美しすぎるお姉さん！」

「よろしくね。でも駄目よ、君。彼女の前で他の女を褒めるなんて、彼氏失格だぞ」

「彼氏？　彼女？」

「ち、違うわよ！　からかわないでよ、ターニャ！」

「違うの？　随分可愛い彼氏ができたなって思ったのに〜」

性格は癒し系ってわけじゃないのかな？　でも可愛いことに変わりはない。

「それより、受付をしてちょうだい！」

「はいはい」

そんなわけで事情を説明して、エマリアさんの部屋にそのまま泊まれるようにしてもらえた。ついでに七日分ほど追加で宿泊費を払っておいた。

その後のエマリアさんは本当に迅速だった。あっという間に旅支度を終え、いま俺達は宿屋の前に立っている。

「それじゃあ、もう行くわね。これから頑張ってね、ヒビキ」

「うん、ありがとうエマリアさん」

ああダメだ。今にも泣きそうだ。この世界で初めて出会い、助けてくれたエマリアさん。一緒にいたのはせいぜい二日くらいだっていうのに、別れるのが寂しい。

「そんな泣きそうな顔しないで。今生《こんじょう》の別れじゃないんだから」

「依頼が終わったらこっちに戻ってくるの？」

「そうね、早くて半年くらいは掛かるだろうけど、終わったらこっちに戻ろうかな。でもヒビキ、私が戻るのを待つ必要はないわ。故郷への帰り方を探すんでしょ？」

「……うん」

「だったら、それを優先させなさい。大丈夫よ、縁があればまた会えるわ」

エマリアさんは俺を安心させるような優しい笑顔を見せてくれた。

「この街を出るときはギルドに伝言でも残しておいてくれれば十分よ」

「……うん、分かった。その時はジュエルさんに伝えるね」

「ええ、そうしてちょうだい」

「俺、たくさん依頼を受けてエマリアさんと一緒に旅ができるくらい強くなるよ！」

「ふふ、その時を待っているわね」

そうして、異世界に流れ着いた俺を助けてくれた恩人、エマリアさんは俺の元を去っていった。

◆　◆　◆

エマリアさんがローウェルの街を去って今日で三日が経った。

現在、俺が何をしているかというと……宿屋でだらだらしてます。

で、これは神様のせい（おかげ）だったりする。

現在の俺の所持金はおよそ金貨三百五十枚。日本円にして約三百五十万円だ。

この世界での食費は、一日当たりおよそ銅貨五枚（五百円）で、宿屋の宿泊費が銀貨五枚（五千円）だから、一日当たり銀貨五枚と銅貨五枚（五千五百円）あれば十分に足りる。

つまり、最低でも一年半くらいのんびり暮らしてもおつりがくる計算だ。

もちろん外食したり遊んだりすればお金の減りは早くなるけど、それでも数日だらだらする分には特に問題なかった。

それもこれも、『チュートリアル』で生活資金を確保するための運命を用意してくれた神様のおかげです！　ありがとう神様！　もちろんエマリアさんもありがとう！

それに『辞書』で『チュートリアル』を検索した時の神様の言葉が本当にありがたかった。

やはり俺以外にも、クラスのみんながこの世界に来ているらしい。

神様によると、俺達は誰かに召喚されたようだ。

俺以外のみんなはその召喚者のところにいるから命の危険はないそうで、心底安心した。というか、どうして俺はみんなとはぐれたんだろう？

そんなわけで、自分の身の安全と生活基盤の確保、クラスのみんなの安否が確認できたものだから、俺の緊張の糸はぷつんと切れてしまったというわけだ。

一日目はずっと爆睡していた。ご飯も食べずにひたすら眠っていた。

二日目はローウェルの街を散策した。屋台で食べ歩きツアーだ。串肉美味い！

そして今日が三日目。午前中はベッドに寝転がってだらだらしていたんだが、そろそろ飽きてきたので状況を整理することにした。

「まずは所持品の確認でもしようかな」

俺はリュックの中身をベッドの上にばらまけた。

「えーと、スマホにタオル、空《から》のペットボトルが二本にノートが一冊と筆箱……」

まずはスマホかな。電源ボタンをポチッとな！

うん、予想通り電源が入りません。きっとギルドに着いた頃には電池が切れてたんだろうな。

覚悟していたけど日本との繋がりが断たれてしまったようでやっぱり寂しい。

タオルは……洗濯しなくちゃ。汗くさい。

風呂に入りたいなぁ。この世界では風呂を用意するのに結構お金が掛かるらしくて、貴族とか大商人みたいな金持ちしか持ってないいんだと。

この宿も風呂は無く、湯桶《ゆおけ》と手ぬぐいを貸し出すだけらしい。シャワーでもいいいんだけどな。

と、話が逸れた。

ペットボトルは旅に出る前に水を入れておこうっと。この世界では珍しいもんな、完全に密閉できる水筒なんて。

ノートと筆箱はどうしよう。日記でも書くか？　……無理！

役に立ちそうなのはタオルとペットボトルくらいかな？　無いよりマシだけど、物資は買い揃えないと駄目だな。

「次はステータスの確認かな」

【技能スキル『鑑定レベル2』を行使します】

【名　前】真名部響生
【性　別】男
【年　齢】16
【種　族】ヒト種
【職　業】鑑定士（仮）（レベル2）
【レベル】4
【ＨＰ】131／131
【ＭＰ】56／56
【ＳＰ】123／131
【物理攻撃力】51

【物理防御力】27
【魔法攻撃力】36
【魔法防御力】32
【俊敏性】82
【知　力】71
【精神力】104
【　運　】65
【固有スキル】『識者の眼レベル1』『チュートリアルレベル2』
【技能スキル】『鑑定レベル2』『辞書レベル2』『世界地図レベル2』『翻訳レベル2』
『魔導書レベル0』『宝箱レベル0』『契約レベル1』『医学書レベル1』
【魔法スキル】なし
【　称　号　】『異世界の漂流者』『メイズイーターからの生還者』『年上キラー』『一攫千金《いっかくせんきん》』

ステータスは相変わらずしょぼいなぁ。非戦闘職だからだろうけど。

でも、SPが多めなのは助かる。魔法が使えないからスキルに頼るしかないし。

『魔導書』と『宝箱』はレベル0のままか。レベルアップの達成条件が分かるといいんだけど。

新しいスキル『契約』と『医学書』はステータスの確認が終わったら試してみようかな。

そして称号が増えている。『一攫千金』は何となく分かる。多分クリスタルホーンラビットの角を手に入れて大金が入ったからだろう。ステータス補正があるのかは不明だけど。

……で何、『年上キラー』って？　……俺、誰も殺してないよ？

正直、称号はよく分からない。これ、必要なんだろうか？

そうだ！　『辞書』で調べたら分かるかも！

【対象言語は『辞書レベル2』に登録されていません】

やっぱりだめか。多分カテゴリーに「称号検索」とかがないと分からないんだろうな。レベル3くらいになったら分かるかな？

仕方ない。称号に関しては保留で。

それじゃあ新スキルの確認をしようかな。『契約』発動！

【技能スキル『契約レベル1』を行使します】

【契約対象者がいないため行使できません。レベル1対象者『人間』】

契約対象者？　人間？　どういう意味かな？　『辞書』さん、教えて！

【技能スキル『辞書』を行使します】

『人間』

ヒト種、獣人種、半獣人種、妖精種などの知性を持つ霊長類《れいちょうるい》。他にも竜人種、鬼人種、巨人種、小人種などさまざまな種族が存在するが、それらを総称して『人間』と呼称する。

つまりこのスキルは俺だけで使うスキルではなくて、相手がいて初めて機能するスキルってことかな……あ、『辞書』で確認すればいいのか？

【『辞書』より『契約』をスキル検索します】

技能スキル『契約』希少ランクB

スキル使用者と契約対象者が、双方合意のもとで交《か》わされた約束を必ず実行させるスキル。契約方法はD頭、書面にかかわらず、双方が合意した段階で受理される。

ただし、あまりにもどちらかが不利益を被《こうむ》る契約は成立しない場合がある。また、このスキルで他者の命を奪うことはできない。レベルが上がると、高位の存在と契約できるようになる。

『契約』は約束を守るスキルってことだろうけど、どういう風に使うのかな？『辞書』の説明では使い方までは分からない。今度、誰かにお願いして試した方がいいかもしれない。

さて、次は『医学書』だな。

ふふふ、俺だって学習しました。スキルを発動させる前に『辞書』で調べた方が混乱なくできるということを！　というわけで、教えてください『辞書』さん！

【技能スキル『辞書』を行使します】

技能スキル『医学書』希少ランクＡＡ

この世界のあらゆる医学知識・技術を習得可能にするスキル。レベルが上がるごとにより広く深い知識・技術を得ることができる。現代では失われた高度な知識・技術すらも習得が可能。習得した分の知識・技術を利用することで『診察』『治療』『施術』『調合』が可能になる。

おお！　なんか良さそうなスキルじゃない？　このスキルがあれば、怪我をしても自分で治せるってことだよね!?

「ではさっそく、『医学書』発動！」

【技能スキル『医学書レベル１』を行使します】

【『医学書』は現在習熟度０パーセントのため医療活動を実行できません】

【『医学書』を閲覧しますか？　消費ＳＰ１／１０頁（全四万ページ）】

「四万ページ!?　十ページにつきSPを1消費するってこと？　それを読破しないとスキルが使えないってことなのか？」

あまりのページ数に大声を出してしまったが、さらに驚きの事態が起こった。

『スキルサポートより報告。『医学書』は読破しなくても閲覧し習得し終えた分の知識・技術から医療活動が実行可能です。しかし、より正確に精密に医療活動を実行したいとお考えの場合、全ページを閲覧、習得することを推奨《すいしょう》します。スキルサポートより以上』


な、何かまた新しい声が聞こえたんですけど⁉

スキルサポート？　そういえば、『チュートリアル』のレベルが上がったときにスキルサポートが起動するとか言ってたけど。

「ス、スキルサポートさん？」

……お返事なし、と。もしかしてスキルを使う時しか反応がないのかもしれない。


【『医学書』を閲覧しますか？　消費SP1／10頁（全四万ページ）】


そういえば『医学書』を放置してた。

よく分からないけど、スキルサポートは全ページ読破した方がいいって言っていたな。現在の俺だと、毎日全部のSPを『医学書』につぎ込んでも早くて一ヶ月くらい掛かる。

どうしようかな？

……なんてね。どうするかなんて決まってますとも！　読破しますよ『医学書』！

これから危険な冒険者の仕事や旅をしようっていうんだ。怪我や病気に対応できるに越したことはないもんね。

特に俺は非戦闘職で、体力も攻撃力も最弱なんだから、せめて回復手段は欲しい。

というわけで、宿屋でだらだら生活をしばらくすることにした。

◆　◆　◆

『医学書』の閲覧を始めてどれくらい時間が経っただろうか？　窓を見ると、綺麗な夕日が浮かんでいた。今日の分のＳＰを使い切ったようだ。

びっくりした。『医学書』の閲覧を選択したら、目の前に重厚で古めかしい本が現れたのだ。

本はぷかぷかと浮いていたが、そっとページを開くと無数の文字が飛び出して、頭の中に強制的に入って来た。

俺は意識があるんだか無いんだかよく分からない半覚醒状態で、ぼーっとしたまま『医学書』の知識と技術を習得していった。

これで千三百ページ分くらいの知識を習得したってことでいいのかな？

特に何かを得た感じはないけどなぁ。

『スキルサポートより報告。「医学書」の知識・技術はスキル使用時のみ利用可能となります。スキルサポートより以上』

……だそうです。スキルに関して不明な点はスキルサポートさんが教えてくれるってことですか、神様？　確認したいけど、もうSPは使い切ったから確認はできないな。

なら今日の残り時間はどうしようか……そういえば、こっちに来てからちゃんと筋トレしてなかったな。よし、筋トレしよう！

バルス兄貴の助言に従って、広背筋トレーニングを中心にやってみよう！

「よーし、いち、に、さん、よん……」

その頃、冒険者ギルドでは……。

「今日は来たか、ジュエル！」

「今日もいらっしゃっておりませんわ、バルス様」

「なんで来てくれないんだ、ヒビキ！」

「ヒビキ様にはヒビキ様の事情がおありなのですから仕方がないですわ」

「会いに来るって言ってたじゃないか!?　酒の約束は!?」

「知りませんわ！　いつ、とは仰《おっしゃ》られておりませんでしたでしょ？」

「なぜなんだ、ヒビキイイイッ！」

「公衆の面前でギルマスが大泣きしないでくださいませ！」

「ヒビキイイイイイッ！」

「……予想以上ですわ。どうしましょう、コレ」

「よんじゅう、よんじゅういち、よんじゅうに……ブルル！　……何か寒気が……なに？」

唐突な寒気に襲われたが、結局原因は分からなかった。風邪、ではないしな？

◆　◆　◆

『医学書』の閲覧を始めてから一ヶ月、とうとう全ページの閲覧が完了した。

長かった、本当に長かったよ……。

朝目が覚めて朝食を取ったら部屋で閲覧開始。気が付くと夕暮れ時になっているという、本当は無駄にしていないんだけど、時間を無駄にしたような気がする一ヶ月！

でもそのおかげで『医学書』の知識・技術を習得できた。今はSPが0だから、明日になったら試してみようっと。

翌日、俺は冒険者の準備のためにいろいろな店を回ることにした。よく考えたら今の俺は健康なので、『医学書』を使う理由がないんだよね。

まずは服装をどうにかしよう。未だに制服を着ているんだが、流石に冒険者の仕事にこの格好は相応しくない。

宿屋の美しすぎる受付嬢ターニャさんに聞いたら、東通りに初心者冒険者向けの装備屋があるらしく、そこで服、武器、防具を揃えられるんだとか。まあ、便利。

というわけで、二十分くらい歩いたところにあるらしい初心者向け装備屋に向かった。

東通りは、店舗だけでなく屋台や露店もあってとても賑《にぎ》わっていた。

でも今日の目的は違うので、まっすぐ装備屋に向かっていると、初老の露店商が声を掛けてきた。

「あんちゃん、ちょっとコレどうよ？」

「え、俺ですか？」

「おう、あんた冒険者だろう？　それも初心者の」

おや、何で分かったんだろう？　今の俺の格好はとても冒険者とは言えない。制服の上に外套を着ているだけだ。

ちなみにこれは、以前エマリアさんから借りた外套をそのままもらい受けたものだ。

「どうして俺が初心者冒険者だって分かったんですか？」

おじさんはニヤッとして俺の質問に答えた。

「東通りに来て、露店も見ずに奥に行く奴の目的地は装備屋ぐらいだからだよ」

なるほど、東通りの奥には例の装備屋しかないのかな？

「それで、俺に何か用ですか？」

「初心者冒険者ならコレ買ってかないか？　ポーションだ」

「ポーション？」

【技能スキル『鑑定レベル２』を行使します】
【　名　前　】下級ポーション
【　備　考　】ＨＰを少量回復することができる魔法薬。

「確かにポーションですね」

「もちろんだ。偽物なんて売りつけないさ。銀貨十枚でどうだ？」

銀貨十枚、だいたい一万円くらいか。ちょっと高いなぁ。というか金貨一枚と言うべきでは？

確かに下級ポーションでも俺のＨＰを全回復できるわけだし持っていても困らない。

『医学書』だってどこまで有用か分からないし、ＳＰが切れた時用の回復手段は欲しいところだ。

まあ命に値段はつけられないし、買っておこうかな？

「じゃあ、これくださ……」


『スキルサポートより報告。技能スキル「契約」の発動を推奨します。契約内容は「今回の売買取引について双方に不利益が生じないよう適正価格にて取引を行うものとする」です。口頭にて「お互いに不利益がないように取引しよう」と持ち掛け、契約対象者がそれに合意した場合、契約は受理されます。スキルサポートより以上』

スキルサポートさん、お久しぶりです。一ヶ月ぶりですね。

突然のスキルサポートからの『契約』リクエスト。えーと、つまりはそういうことなのかな？

「どうした、あんちゃん？」

おじさんが不思議そうに俺の顔を見ている。うーん、駄目ですよおじさん。

ぼったくりは認めませんよ？

俺は笑顔になって告げる。


【技能スキル『契約レベル１』を行使します】


「おじさん、俺ポーション欲しいな。お互いに損がないようにしようね？」

「お？　おう！　そうだな」


【契約が受理されました】


「おじさん、そのポーションいくら？」

「このポーションは銀貨じゅ……五枚だ」

「分かった、銀貨五枚だね」

俺は笑顔のまま銀貨五枚を支払って、おじさんからポーションを一本もらった。

「ありがとう、おじさん。じゃあね」

「お、おう。ありがとな、あんちゃん……あれ？」

俺は礼を言うとすぐにその場を立ち去った。

『契約』さん、あなたなんて便利スキルなんですか⁉　これがあれば買い物で騙される可能性がぐんと減るね！　これから重宝していこう。

そしてスキルサポートさん、とってもありがとう！　君がいなかったら俺は銀貨五枚をドブに捨てるところだったよ。


『スキルサポートより報告。謝意を受諾。スキルサポートより以上』


おお！　初めて返事してくれた！　嬉しい！

でも名前が長いな。そうだ、これからは『サポちゃん』と呼ぼう。よろしくね、サポちゃん！


『サポちゃんより報告。提案を受諾。サポちゃんより以上』

サポちゃん呼びを気に入ってくれたようだ。よかった、よかった。

無事装備屋に着くと、店主夫婦が服、武器、防具を選んでくれた。

体力も攻撃力も低いのであまり重い武器、防具は装備できないことを告げると、防具は素材の軽い革製の胸当て、籠手《こて》、脛当《すねあ》てを用意してくれた。

武器に関しては、経験がほぼなく戦闘が苦手なことを告げたら、クロスボウを薦《すす》めてくれた。でも思ったよりも重かったので、今回は店で一番軽いロングソードと解体にも使えるダガーを一本ずつ購入した。

武器の使い方なんて今の時点ではよく分からない。ゆっくり自分に合う武器を探そう。今回のは護身用ってことで。

「うちの向かいに道具屋があるから、そこでも必要な物を買った方がいいぞ」

「分かりました、ありがとうございます」

装備屋でのお支払いは金貨十五枚でした。結構するね、初期装備。

言われたとおり、道具屋でもいくつか購入した。火打石とか水袋とかいろいろ薦められたが、持てる道具には限りがあるので本当に必要最低限を選んで購入した。

ここでは金貨三枚のお支払い。本当に狩ってよかったクリラビちゃん！

さて、いろいろと準備も終わったことだし、そろそろ冒険者のお仕事をやってみようかな。買い物を終えた俺は、その足で冒険者ギルドへと向かった。

「こんにちは、ジュエルさん」

「まあまあヒビキ様、一ヶ月ぶりでございますわね」

受付カウンターに行くとジュエルさんがいたので声を掛けた。どうしたんだろう？　なんだかとても疲れた表情をしている。

「どうかしたんですか？　顔色が悪いですよ？」

「ええ、ちょっとこの一ヶ月本当に大変でしたの。でも、その元凶がしばらく街から離れることになったからもう大丈夫ですわ」

「よく分からないけど、大変だったみたいですね」

「ええ、本当にどうしてくれようかと思う毎日で……」


（おい、あいつ『ヒビキ』って言ったぞ。あれがギルマスの？　まだガキじゃねえか？）

（いや、それ以前にあいつ男だろう？　……可愛いけど）

（マジかよギルマス。俺、あの人のこと硬派な元冒険者として尊敬していたのに）

（可愛いのは分かるけど、それでも男だぞ？）

（俺はあれなら全然イケる気がする……）

（マジかよ？　うーん、……まあ可愛いんだけどさ）

（あいつが本当にギルマスと？）

（アイツとギルマスが……駄目だ想像できねえよ。ていうかギルマス犯罪者だよ）

何だろう？　周りがひそひそと何か話しているみたいだけど、よく聞こえないな。

「本日はどのようなご用件ですの？」

「そろそろ依頼を受けてみようかと思って」

「まあそうでしたの。ではクエストボードをご覧になって、やりたい依頼があれば持ってきてくださいませ」

うんうん、やっぱりジュエルさんはそうやって、ニッコリ笑顔を見せてくれた方が全然いいよ。こっちのやる気も出るってもんさ。

「分かりました。ところでバルス兄貴はいます？　挨拶を……ってどうしたの、ジュエルさん!?」

三秒前の優しい笑顔はどこに行ったの!?　もう、憎々しさですごい顔になってるよ!?

「何でもございませんわ。バルス様は先週、王都から急な呼び出しがあって出立されましたの。少なくとも二ヶ月は戻りませんわ。……いい気味です」

最後の方は声が小さくてよく聞こえなかったな。でも二ヶ月か。俺、それよりも早くここを離れるかもしれないし、場合によっては会えないかもしれないな。

さっそく俺はクエストボードへと足を運んだ。今回は自分と同じFランクの依頼を受けるつもりだ。安全第一だ。

「あ、これがいいかな」

俺はクエストボードから一枚の依頼書をちぎった。

『素材採取依頼Fランク：薬草「ホンホン草×十五本」』
傷薬の材料になる薬草「ホンホン草」の採取依頼。十五本以上でも買取可能。

薬草を見つけて持って帰るだけの簡単なお仕事ですってか？　これならそこまで危険な目に遭うこともないだろう。

よし、これに決めた。どの辺に生えているかジュエルさんに聞いてみよう。

「ジュエルさん、この依頼をお願いします」

「あら、決まりましたの？　ふんふん、『ホンホン草の採取』ですか。初めての依頼ならこれくらいから始めた方がよろしいでしょうね。安心しましたわ」

「俺も死にたくはないですから」

「初心者はそれくらい慎重でいいのですわ。はい、受注書ですわ」

「じゃあ、さっそく行って……」

「――頼む！　助けてくれ！」

突然、数人の冒険者らしき人達が勢いよくギルドホールに駆け込んできた。彼らは、腕も足も失い全身血だらけの、いつ死んでしまってもおかしくないような男を担いでいる。

「お願い助けて！　ジェイドが死んじゃう！」

「ギルマス、ギルマスを呼んでくれ！　あの人クラスじゃないと！」

入って来たのは全部で四人。

茶色のロングヘアの美人お姉さん。ローブと杖から察するに魔法使い。

金髪のツンツン頭のお兄さん。背中にクレイモアを背負っている。多分戦士。

魔法使いのお姉さんによく似た茶髪の美形お兄さん。腰に剣と杖を差している。魔法剣士？

最後はお兄さん二人に担がれている、銀髪を後ろに結んだお兄さん。腰に剣を差しているから多分剣士かな。

顔はよく見えないけどイケメンの雰囲気を醸《かも》し出している。だがその全身は血まみれで、今も口から血を吐き続けていた。

左足と右腕がなく、患部を包帯で巻いているが止血が完璧ではないようで、包帯は赤く染まっている。

あのジェイドというお兄さんはもうすぐ死ぬ。俺だけでなく、ギルドにいた全員がそう思った。

俺は初めて死にかけている人間を見た。正直気が遠くなりそうだったがなんとか踏ん張る。

すると俺の後ろからジュエルさんが飛び出してきた。

「あなた達『銀の御旗《みはた》』のパーティーね！　一体どうし……ジェイド!?」

どうも彼らはジュエルさんの知り合いらしい。受付嬢もやっているんだから当然か。

「ジュエルさん！　ギルマスを、ギルマスを早く！　私じゃジェイドを治せない！」

お姉さんは涙を流して縋りつくが、ジュエルさんは周りの冒険者達と同じく顔を強張らせた。理由は分かっている、俺もさっき聞いたんだから。

「ごめんなさい。王都からの呼び出しがあって、バルス様は今、街にいないの」

それを聞いた三人はすでに蒼白だった顔面をさらに蒼白に、いや真っ白にして絶叫した。

「そ、そんな。いや、いやよ、いやいやいやいや！　ジェイドを助けて！」

「欠損部位はともかく、ヘカーテ、あなたなら『ハイヒール』も使えるはずよ。止血ぐらいはできるはずでしょう？」

ジュエルさんは狼狽《ろうばい》する魔法使いのお姉さん――ヘカーテさんに問いただした。

「やったわ！　『ヒール』も『ハイヒール』も使ったのよ！　でも何度やってもすぐに血が出て、止まってくれないの！　ここに来る間も何度も血を吐いて……」

補足するように、茶髪のお兄さんが続ける。

「もしもに備えて持っていた上級ポーションも使いました。そのおかげでしばらくは止血できていたのですが、気がついたらまた血が流れて……。どうして、どうしてなんだ！」

悲痛な叫びが木霊《こだま》している。でも、誰も手を差し伸べられない。

俺はジュエルさんに近づいて尋ねた。

「ジュエルさん、バルス兄貴は回復魔法が使えるの？」

「ヒビキ様……。ええ、バルス様の職業は『聖騎士』。高度な戦闘能力と癒しの力を備えた希少職ですわ。その中でも、上級回復魔法『エクストラヒール』を使える特に優秀な方なのですわ」

「バルス兄貴以外に『エクストラヒール』が使える人は……」

「『エクストラヒール』を使える者が、一つの街に何人もいるなんてほぼありえませんわ。むしろ使い手がいることの方が珍しいくらいですもの」

つまり、ここにはジェイドさんを助けられる人がいないってことに……あれ？　俺は？

俺のスキル『医学書』なら助けられるんじゃないのか？

四万ページは伊達じゃないとは思うけど、上級回復魔法が必要な重傷者を助けられるだろうか？

でも、『診察』だけでもできれば、助ける方法が分かるかも……？

どう思う？　サポちゃん。


『サポちゃんより報告。『医学書』の行使を推奨します。サポちゃんより以上』

『医学書』であの人を助けられるの？

『サポちゃんより報告。詳細は不明。しかし可能性は有りと判断。サポちゃんより以上』


……そうだね。助けられるかもしれないね。迷う必要なんかなかった。

「ジュエルさん、俺がその人を診《み》ていい？」

「お前、治癒士なのか!?」

「いや、俺は鑑定士だけど」

「鑑定士に助けられるわけないじゃない！　何なのよ！」

「うん、そうだけど俺、医療系のスキルを持ってるからどうかなって」

「ヒビキ様、そのようなスキルを⁉」

ジュエルさんが驚いている。多分、鑑定士って普通そんなスキル持ってないんだろうな。『鑑定士（仮）』って何なんだろう？

「診てもいい？」

「……助けられるのか？」

「ごめんなさい、診てみないと分からないよ」

「……ああ、そうだな、すまん。頼む」

金髪お兄さんから許可をもらえた。他の二人も無言で認めたくれたようだ。

俺は横たわるジェイドさんに近づき、スキルを発動させた。

【技能スキル『医学書レベル1』を行使します】

【『医学書』は習熟度百パーセントです。『診察』を実行しますか？】

するよ。『診察』開始！

【『医学書』により『診察』を開始します】

俺の視界にはよく分からない文字や記号が無数に飛び交い、ジェイドさんの症状を確認している光景が映る。しばらくすると、診察が完了した。

【『医学書』による『診察』が完了しました】
【症状① 右腕、左足の部位欠損による過剰失血】
【症状② 体内に致死率の高い毒素を検出……成分名『ディエリス毒』】
【結論：診察対象者の余命時間は七分十九秒と推測】
【解説『ディエリス毒』】
主にダンジョンなどで発見される毒草『ディエントリエル草』から抽出できる劇薬。致死性が高く、神経異常、細胞破壊、止血不全などの症状を起こす。服毒した者が負傷した場合止血は困難で、毒で死亡するよりも先に失血死することも多い。
【治療方法を検索】
【治療手順① ディエリス毒の除去。この毒を除去しない限り怪我の治療は不可】
【治療手順② 欠損部位の治療。欠損部位の復元を推奨。止血だけでは手遅れ】
【詳細説明① ディエリス毒の除去方法】
解毒薬での除去は不可。回復魔法『ハイパーキュア』を使用。消費MP250。
【詳細説明② 欠損部位の回復方法】
ポーション類では手遅れ。回復魔法『パーフェクトヒール』を使用。消費MP400。

診察はできたけど、難しそうな魔法に足りないMP……。

「こんなの、どうすりゃいいの？」

俺の言葉を聞いて、仲間の三人は苦悶《くもん》の表情を浮かべた。悩んでなどいられない。

ジェイドさんはあと七分で死んでしまうのだから。


【『医学書』より『治療』を実行しますか？】

できるのか？　なら『治療』開始！


【『医学書』より『治療』を開始します】

【『医学書』より回復魔法『ハイパーキュア』を抽出します】

【MP不足のため抽出に失敗しました】


やっぱりMPが足りなくて『治療』できない。

俺の眉間《みけん》に皺《しわ》が寄り、それを見た仲間達も絶望の表情になる。

「……駄目なのか？」

金髪のお兄さんが尋ねてきた。

「症状と原因は分かったよ。症状は失血過剰とディエリス毒。このお兄さんが吐血《とけつ》するのと血が止まらないのはこの毒のせい。治すには解毒薬でもポーションでも手遅れだ。『ハイパーキュア』と『パーフェクトヒール』っていう魔法じゃないと治せない」

「『ハイパーキュア』に『パーフェクトヒール』……そんな魔法、使える人いるわけないわ」

絶望のあまりへたり込むヘカーテさんを、茶髪のお兄さんが支えてやるが、お互いにもう力が入らないようだ。

「ジュエルさん、バルス兄貴はこの魔法を使えるの……？」

「『ハイパーキュア』はともかく、『パーフェクトヒール』は使えませんわ。そんな最上級の魔法が使えるのは、私が知る限り王都にいらっしゃる聖女様くらいしか……」

「『エクストラヒール』ではだめなのですか!?」

茶髪のお兄さんが縋るように聞いてきたけど、俺の答えは変わらない。

「『エクストラヒール』は欠損部位を修復はできるけど失血を治せない。お兄さんは血を失くしすぎた。『パーフェクトヒール』で何もかも治さない限り手足を元に戻しても助からない」

「延命ぐらいできないの!?　ギルマスが戻るまで、小康状態でもいいから維持できれば……」

「お兄さんに延命をする体力が残ってないいんだ。もうあと六分も持たない」

「……そん、な」

自分で言ったことだけど、つらい。助けられない。

「やだ、やだ、ジェイド！　死なないでよっ！」

「……ジェイドさん！」

「……」

三人ともジェイドさんが大好きなんだ。きっと信頼している仲間なんだ。

周りにいる冒険者やジュエルさんも本当につらそうだ。

『医学書』で治し方も分かったのに、俺には治すことができないなんて。

これじゃあ何の意味もないじゃないか……。

本当に何もできないの？　あと五分でお兄さんが死んでしまう。

――その時、俺達を救う奇跡のスキルが発動した。


『サポちゃんより報告。技能スキル『契約』の発動を推奨します。サポちゃんより以上』


「え？」

つい声を上げた俺を、この場にいる全員が見つめた。

「サポちゃん？」

「「「サポちゃん？」」」

俺が発した意味不明な言葉にみんなが怪訝《けげん》な顔を見せるなか、俺はサポちゃんの言葉に耳を傾けた。


『サポちゃんより報告。技能スキル『契約』の発動を推奨します。契約内容は「治療対象者のパー

ティー全員は、所有する全てのＭＰをスキル使用者へ譲渡する。譲渡されたＭＰは全て治療対象者の治療のために使用する」です。Ｄ頭契約で受理可能。サポちゃんより以上』

「それ、できるの？　サポちゃん」

『サポちゃんより報告。可能です。サポちゃんより以上』

「おい、さっきからどうしたんだ？」
「ヒビキ様？」
金髪のお兄さんとジュエルさんが何か言っているけど、集中している俺の耳には届かない。
助けられる……？　助けられるんだね、サポちゃん！
「『契約』発動！」

【技能スキル『契約レベルー』を行使します】

「お兄さん達、俺と契約して！　契約内容は『俺に全ＭＰの譲渡を。もらったＭＰは全部ジェイドさんの治療のために使う』ＭＰさえ足りれば俺は『ハイパーキュア』も『パーフェクトヒール』も使えるんだ！」

「な!?」

三人は信じられないという顔で戸惑っている。そんな場合じゃないんだ、急いで！

「お願い！　時間がないんだ！　お兄さんの余命がもう五分を切ってる！」

俺の言葉を聞いた三人は間髪入れずに答えた。

「契約する！」


【契約が受理されました】


その瞬間、三人の身体から淡い光が飛び出し俺の身体へと入ってきた。

「ぐっ……」

ＭＰを抜かれた三人は酷く疲れたように、地面に手と膝をついた。急なＭＰ消費が身体に負担を与えたようだ。でも、これで……。


【契約により、ＭＰ４２０が譲渡されました】


「うそっ！　まだ足りない！」

治療に必要なＭＰはハイパーキュアで２５０、パーフェクトヒールで４００。合計６５０必要だ。

俺のＭＰと合わせても現在のＭＰは４５８。あと１９２も足りない。

「そんな……」

三人が再び絶望の表情を見せる。どうしたらいいんだ⁉

「ヒビキ様、その契約、私も入れますか？　私もＭＰを譲渡いたしますわ！」

困っている俺にジュエルさんがＭＰ提供を持ち掛けた。そうか、契約者を増やせば……！

「サポちゃんできる？」

『サポちゃんより報告。契約対象者を追加すると宣言すれば可能です。サポちゃんより以上』

「ジュエルさん！　契約対象者を追加します。俺と契約して！」

「契約しますわ！」

【契約対象者が追加されました。契約により、ＭＰ２７３が譲渡されました】

すごい！　これなら『治療』ができる！

【『医学書』より『治療』を実行しますか？】

うん！　『治療』開始！

【『医学書』より『治療』を開始します】

【『医学書』より回復魔法『ハイパーキュア』を抽出します】

【抽出が完了しました。『ハイパーキュア』を行使してください】

「回復魔法『ハイパーキュア』！」

俺は両手をジェイドさんに向けて呪文を唱えた。するとそこから放たれた白い光がジェイドさんを優しく包み、十秒ほどで消失した。

【『ディエリス毒』の解毒が完了しました】

【『医学書』より回復魔法『パーフェクトヒール』を抽出します】

【抽出が完了しました。『パーフェクトヒール』を行使してください】

俺は間髪入れずに呪文を唱える。

「回復魔法『パーフェクトヒール』！」

再度、俺は両手をかざした。今度は白銀の光がジェイドさんを包んでいく。特に欠損した右腕と左足の部分に、光が多く集まっていた。

「おおおおおおっ！！！」

「……すごい」

大きな歓声が上がる。正直、俺も驚いた。

失われた腕や足が再生する瞬間を実際に目の当たりにすると、声も出ない。

欠損部位の再生が終わると光は徐々に薄れ、やがて消失した。

ジェイドさんの顔色を確かめると、さっきまでの蒼白ではなく、血色のいい肌が見えた。血の跡も消え静かに眠っている。

【欠損部位の再生、死滅細胞の修復を含め全身の治療が完了しました】

【再度『診察』を実行しますか？】

うん、お願い。『診察』開始。

【『医学書』より『診察』を開始します】

【『医学書』による『診察』が完了しました】

【対象者に異常はありません。『治療』は不要と判断します】

よかった。つまり完治したってことだよね。

「あの、ジェイドさんの治療が完了しました。もう大丈夫です」

俺は仲間の三人にそう伝えた。しかし彼らはボーッとして、眠っているジェイドさんを見ているだけで反応がない。

……？　どうしたんだろう？　治ったのに嬉しくないの？

ヘカーテさんがジェイドさんの身体を触りはじめた。右腕、左足、頬に触れ体温を確かめる。

口元に耳を寄せて呼吸を確かめ、胸に耳を押し当て心音を聞く。

やがて涙をぽろぽろと流し、「ジェイド、ジェイド！」と大声で泣き出してしまった。

茶髪のお兄さんと金髪のお兄さんもつられて泣きじゃくる。

「え、ええ？　えええ!?　どうしたの!?　みんなもどこか悪いの!?」

俺はおろおろして三人に聞くが、どうにも俺の声は聞こえていないようでみんな泣き続けている。

すると今度は、周りにいた冒険者達が大声を上げた！

「おおおおおおおおおおおおおっっっ！」

何!?　どうしたの!?　みんなどうしちゃったの!?

すると、ガバッと誰かが覆い被さってきた。

「ヒビキ様！　ジェイドを助けてくれてありがとうございます！」

ジュエルさんだった。彼女も涙を流している。

ああそうか。みんなジェイドさんが治ったことを喜んでるのか。

緊張しすぎて分からなかったな。うん、やっと納得。

ジェイドさんにニッコリ微笑み返したんだけど、俺はそこで緊張の糸が切れ、意識を手放してしまった。

おやすみなさい……ぐぅ。

◆　◆　◆

俺の日課は、放課後にカフェに寄ることだ。そして趣味の紅茶を飲む。

少しくらいなら自分でも淹《い》れられるけど、やっぱり本職には敵《かな》わない。だから今日も行くのだ、カフェ山原《やまはら》へ。

「こんにちは、おじさん」

「やあ、いらっしゃい、響生君」

ここは俺の家の隣にある喫茶店、カフェ山原だ。放課後、家に帰った俺は週五でここに通っている。いろんなカフェに行ってみたけど、ここの紅茶が一番好みだ。

「今日は何にする？」

「もちろん、亜麻音ブレンドで！」

「……あんたも好きよね、そのブレンド紅茶」

「あれ？　亜麻音、今日は店の手伝いなの？」

おじさんに紅茶の注文をすると、厨房から幼馴染の山原亜麻音が姿を見せた。カフェのエプロンを纏った彼女は、今日は店の手伝いらしい。

「母さんが調子悪いみたいだから、代わりにね。父さん、響生と恭子のブレンドはアタシが淹れるから、あっちのお客の相手してきてよ」

「ああ、分かったよ。ゆっくりしていってくれ、響生君」

おじさんは優しく微笑むと奥のテーブルのお客さんの方へ行ってしまった。

「というか、恭子ちゃんも来てるの？」

「隣にいますよ、真名部君」

言われて振り返ると、そこには亜麻音の親友の豊月《とよつき》恭子ちゃんがいた。

「あれ？　恭子ちゃん、いつからいたの？」

「真名部君が来るよりも前からここにいましたよ？　見えなかったんですか？」

「ごめん、気が付かなかったよ」

「響生はうちに来ると、自分が紅茶を飲むことしか考えていないのよ」

「ふふ、そうみたいですね。でも次は気づいてくださいね」

「うん、分かった」

「はい、亜麻音ブレンドよ」

「ありがとう」

亜麻音ブレンドはおじさんこと亜麻音のお父さん、つまりこのカフェの店主が亜麻音の生誕を記念して作った特製ブレンド紅茶だ。ブレンドの配合はもちろん企業秘密。

亜麻音にとって嬉しいのか恥ずかしいのか知らないけど、亜麻音ブレンドはこのカフェで、紅茶の売上第一位の座をこの十六年間守り続けている。つまりとても美味しい紅茶なのだ。

「やっぱり美味しいなぁ、亜麻音は」

「ちょっと、そこはブレンドって付けなさいよ」

「本当に美味しいですよね、亜麻音ちゃんは」

「もう完全にわざとでしょ！　二人してアタシで遊ばない！」

イタッ！　俺だけお盆で叩かれた。紅茶を褒めただけなのに、なんで⁉

「ごめん、でも本当に美味しいよね」

「そうだろう、そうだろう。うちの亜麻音は絶品なんだよ、響生君。おじさんは、響生君なら息子になってくれても……ガハアアッ！」

おじさんが話に加わった途端、亜麻音がカウンターを飛び越えておじさんの腹に掌底《しょうてい》を食らわせた。ああいうこともできるんだ、亜麻音。怖いな！

「変なこと言わないでよね！　アタシも響生もそんな気は一切ないんだから！」

「亜麻音、そんな気って？」

「知らなくていい！」

ギロリと睨む亜麻音に俺は聞き返すことができなかった。恭子ちゃんも笑顔で「気にしなくていい」と言っていた。どういう意味なんだろう？　というか、亜麻音ブレンドと息子にどんな関係が？

「真名部君、また何かとんでもない勘違いをしてそうですね……」

「仕方ないわよ、それが響生なんだから。『響生クオリティー』よ。どうしようもないわ」

「何その単語、初耳だよ⁉」

「今付けたのよ。いい？　響生。あんたはすぐに変な勘違いをするんだから、よくよく考えてから行動しなさい。あと言動にも十分注意すること！　あんたの言い回しは時々危なっかしいから。それで何度も危険な目に遭っているんだからいい加減気を付けなさいよ」

「え？　危険な目って？」

「その辺に気が付かないのも『響生クオリティー』なのね、亜麻音ちゃん」

「その通りよ。響生、あんたが気が付いていないだけなのよ。もっと周りを見て、正しい判断ができるようになりなさい。いつまでも誰かが助けてくれるとは限らないんだから。分かった？」

俺が知らない間に？　一体いつのことだろう？　うーん、考えても分からない。

「分かったの？」

「⁉　はい！」

とりあえずしっかり返事はしたけど、よく分からないな。でも気を付けろと言われたんだから、十分気を付けないと。……何に気を付ければいいのか分からないけど。

◆　◆　◆

パチッと目が覚めた。天井が見える。ベッドに寝てるのかな？　何でだ？

さっきまで久々に日本のことを夢に見た。夢の中でも亜麻音ブレンドを飲めたのはよかった。でも亜麻音に説教されている時の夢でなくてもいいのにな。

もうこの世界に来て一ヶ月以上か。みんな元気にしてるかな？　神様が言うにはみんな大丈夫らしいけど、夢に見るってことは、俺も心のどこかでまだ心配してるのかな。

【職業レベルが上がりました。レベル2↓レベル5】
【技能スキル『鑑定』のレベルが上がりました。レベル2↓レベル3】
【技能スキル『契約』のレベルが上がりました。レベル1↓レベル2】
【技能スキル『翻訳』のレベルが上がりました。レベル1↓レベル2】
【『契約』より派生スキル『救済措置レベル1』を習得しました】
【『翻訳』より派生スキル『暗号解読レベル1』を習得しました】

……はっ!?　起きたらいろいろレベルが上がったようだ。

『鑑定』とか、レベル1とレベル2の違いも確認しないうちにレベル3になっちゃったなぁ。どう違ったんだろう？

『サポちゃんより報告。レベル2は『鑑定』の成功率上昇の効果。レベル3は対象の【状態】を確認可能になります。サポちゃんより以上』

へえ、そうなんだ。【状態】って何だろう？　後で誰かを鑑定してみようかな。

「あらあら、目が覚めましたの？」

聞き覚えのある声がして首を回すと、ジュエルさんが椅子に座っていた。

「えーと、おはようございます？」

「ええ、おはようございます、ヒビキ様。体に異常はございませんか？」

特に異常は感じられなかったので、起き上がってベッドの上に座った。

「はい、何ともないです。ここはどこですか？　俺はどれくらい寝ていたんですか？」

「ギルドの医務室です。あれからまだ一時間ほどしか経っておりませんわ」

「そうなんですか。何だかご迷惑をお掛けしました。もう大丈夫なんで、そろそろホンホン草の採取に行きますね」

「ふふふ、ヒビキ様は勤勉ですわね。でも少しだけお時間をくださいませ。お話がございますわ」

ジュエルさんはいつになく真剣な面持ちで俺に向かい合った。

「まずはお礼を。ジェイドを助けてくださって本当にありがとうございますわ」

ジュエルさんは座ったまま深々と俺にお辞儀をした。どうしたの、急に？

「えーと、ジュエルさん？」

「ジェイドは私の弟ですの」

「姉弟!?　でも、ジェイドさんはヒト種で、ジュエルさんは……」

「半獣人種ですわ。異母姉弟ですの」

そうだったのか。本当に助けることができてよかった。

「治療が上手くいってよかったです。それもこれも、ジュエルさん達がＭＰを分けてくれたからですよ。お礼なんて気にしないでください」

「いいえ、そもそもヒビキ様が治療手段を持っていたからこそですもの。どうか私の感謝の気持ちを受け取ってくださいませ。後日改めて、弟と一緒にお礼をさせていただきますわ」

「気にしなくてもいいのに。死にそうな人がいたら助けるのは当たり前だよ？」

「ふふ、そのお心遣いも嬉しいですわ。助けられたら感謝したくなるのも当たり前でございましょう？　お気になさらないでくださいませ」

「それもそうですね。分かりました。受け取ります」

ジュエルさんの気持ちに何だか嬉しくなって、俺はにっこりと笑った。

……あれ？　ジュエルさんが「まあっ」と言って頬を赤く染めている。なぜか目も逸らされてしまった。どうしたんだろう？

「……は！　何でもございませんわ。ゴホンッ！　お礼はこのくらいにして本題に入らせていただきますわ。ヒビキ様、今回の件はギルド内で緘口令《かんこうれい》を敷かせていただきましたわ」

「カンコウレイ？　……て、何ですか？」

「今回のヒビキ様の治療の件を、目撃者全員に他言無用としてもらいましたの」

……何でそんなことを？　俺が疑問に思っているのを察したようで、ジュエルさんは続けた。

「エマリア様が仰られた通りですわね……。いいですか、ヒビキ様。ヒビキ様が使った魔法『ハイパーキュア』や『パーフェクトヒール』は、大陸中で探しても数人しか使い手のいない最上級魔法なのですよ？」

「そうなんですか？」

「解毒なら『キュア』、回復なら『ヒール』や『ハイヒール』を使える者はたくさんいますわ。ですがヒビキ様が使ったのは、いかなる毒でも解毒するという『ハイパーキュア』と、死んでさえいなければ必ず助けられるという『パーフェクトヒール』です。そんな魔法の使い手はそうそういませんわ。『聖騎士』のバルス様でさえ『パーフェクトヒール』に劣る『エクストラヒール』までしか使えませんのよ？」

えーと、結構やばい？　『医学書』、君、想像以上にやり手だったのね。

「俺、なんかお咎《とが》めみたいなのがあったりするんですか？」

「とんでもございませんわ。お礼こそすれ咎めるはずがありません。ただ、この話が広がるとおそらくヒビキ様は身動きが取れなくなると思われるので、緘口令を敷きましたの」

……どういうこと？

「先程も申し上げた通り、先の魔法の使い手は非常に希少ですわ。話が広まれば使い手を欲しがる輩《やから》が必ず現れます。助けを求める者ならともかく、あなたを使って金儲けを考える者や無理矢理さらって奴隷《どれい》にしようとする者も出るでしょう。それほどに今のヒビキ様は希少な存在なのです」

「ま、マジですか……？」

流石に奴隷になるなんて嫌だ。……というか、この世界には奴隷がいるんだ。

「嘘は申しませんわ。ですからあの時ギルドにいた者達全員に口止めしました。幸い、あの時ギルドにいた者の中に不埒者《ふらちもの》はいませんでしたわ。おそらくある程度は抑えられるでしょう」

ジュエルさんが気を利かせてくれて本当によかった。安堵のため息をついた俺だったけど、ジュエルさんはこう付け加えた。

「とは言っても、ジェイドはあの大怪我で街に運ばれギルドに来ました。そのジェイドが五体満足で回復しているのですから、誰かが最上級魔法で治したことは一目瞭然《いちもくりょうぜん》ですわ。でも、それがヒビキ様だとは広まらないはずですから、決してご自分が治したとは言わないようお気を付けくださいませ」

「分かりました！　絶対に言いません！」

「ふふふ、そこまで緊張しなくても大丈夫ですわ。さっき言ったことさえ注意していただければ、特に問題は起こらないでしょうから」

俺の緊張が伝わったんだろうな。優しく微笑み励ましてくれるジュエルさんはすごく可愛い。

「でも、ヒビキ様にはできればどこかのパーティーに入ることをお勧めしますわ」

「パーティーに？」

「ヒビキ様は鑑定士、非戦闘職ですわ。もしもの時、戦力としては心許《こころもと》ないですもの。誰か他に戦闘職の仲間がいれば心強いですわ。ジェイドの『銀の御旗』はどうです？　あれでBランクのパーティーですもの。いい護衛になりますわ」

パーティーか。確かに考えなくもないけど……。

「折角だけど遠慮します。ちょっと目的があるのでそっちを優先させたいんです。いつまで掛かるか分からないし、パーティーに迷惑は掛けられないんで。でも確かに仲間というか護衛というか、必要なのは分かるんですけどね」

俺の職業は戦闘向きじゃないから、確かにジュエルさんが言う通り戦闘職の仲間がいてくれると助かる。あと、回復手段としてMPの多い仲間がいてくれれば『医学書』を使うのも楽になるし。

「では奴隷にするしかないかも、ですわね……」

ど、どれいですと!?

「ジュエルさん、俺を、奴隷に、するんです、か?」

護衛がいないなら、さっさと奴隷になるしかないってこと……？

「何を仰っていますの、ヒビキ様！　奴隷を購入して護衛にする、という意味ですわ。どんな勘違いをしてらっしゃいますの!?」

なんだ、奴隷を買うか。びっくりした。

「奴隷が護衛になるんですか？」

「戦闘奴隷もおりますので大丈夫ですわ。今のヒビキ様なら資金も潤沢《じゅんたく》ですから、いい奴隷を買えると思いますわよ？」

奴隷か。人をお金で買うのには抵抗があるけど、この世界で生きていくためには仕方がないことなのかな……？

「分かりました、少し考えてみます」

「ええ、そうしてくださいませ。それでは失礼しますわ」

そう言ってジュエルさんは医務室を出ていこうとした。

「あ！　ジュエルさんちょっと待って」

サポちゃん、確かジュエルさん達にもらったＭＰ、まだ残ってたよね。返せるかな？


『サポちゃんより報告。『契約』はすでに実行されているためＭＰの返却は不可。契約通り治療対象者の治療にのみ使用できます。残存ＭＰは『ヒール』２回分に相当。サポちゃんより以上』


ふんふん、了解。ありがとう、サポちゃん！

「どうしましたの、ヒビキ様？」

「えっと、ジェイドさんに伝えてください。まだみんなからもらったＭＰが、ヒール二回分残ってるんです。契約でジェイドさんにしか使えないから、必要があれば言ってくださいって」

「まあ、重ね重《かさがさ》ねありがとうございますわ。ジェイドに必ず伝えます」

ジュエルさんは嬉しそうに医務室を後にした。

あ……そういえば、ジェイドさんは医務室で寝てなくていいんだろうか？

◆　◆　◆

わた……いや、俺の目の前に、牢屋越しに立つ男は、不快な笑みを浮かべてこちらを見下ろしていた。ふざけた奴だ。その穢《けが》れた瞳で俺やこの子を見るんじゃない！

「グルルルルルルルル、ガアアアアア！」

「ひ、ひいいいいいいい！」

私……ではなく、俺が咆哮を上げると、そいつは一瞬で青白い顔になって尻餅をついた。

たかだかスキルレベル1の『威嚇《いかく》』でそれほどまでに怯《ひる》むとは。こいつは相当にレベルの低い男らしい。

「おひょひょひょひょ、いかがですかな？　お客様。黒狼族の獣人種という条件で、お客様が好きにできる者といいますと、あの者でございますが？　ほほほほ、活《い》きが良いですねぇ。お買い得ですぞ？」

「グルルルルルルルルルルッ！」

「ひいいいい!?　い、いらん！　こんな反抗的な奴、我が家に置いておけるか！」

「おやおや？　そうでございますか。それは残念でございますなぁ」

「に、二度とこんな商会に来るものか！　帰る！」

誤魔化しにしか聞こえなかったが、あの優男はそそくさと逃げ帰った。

「くふふふ、ご利用ありがとうございました。……ふぅ、やっと帰りましたか」

客相手にずっとニコニコとしていた男はサッと真顔になった。

「全く金運の香りがしませんでしたねぇ。わざわざ私を呼びつけておいて結局何一つ買わずに帰るとは。全く、時間も金も無駄にしました。すみませんねぇ、奴隷とはいえあなた達にも迷惑を掛けてしまいました。ほほほほ」

「ヒッ！　ク、クロさん」

そばに座っていた少女が、微笑み掛ける男の姿に怯《おび》え、片肘をついて寝転がる俺にしがみついた。

「大丈夫だ。……お前は後ろにいろ」

「で、でも……」

「後ろにいなさい」

「……はい」

少女は申し訳なさそうに俺の陰に隠れた。俺は男を睨みつける。

「おひょひょひょひょ、嫌われてしまいましたねぇ。酷く扱ってはいないつもりなんですが」

「奴隷商などに懐《なつ》く奴隷がいるものか。さっさとこの場を去れ！　グルルルル！」

「くふふふふ、奴隷に指図される謂《いわ》れはないですねぇ」

俺が唸り声を上げても奴には効果がなく、ニコニコと俺と少女を見つめていた。

「もう用は済んだはずだ！」

「ええ、ええ、そうですねぇ。先程は金運無臭の、いやむしろ悪臭のする男の相手をしたので、鼻がもげそうでしてね。それに引き換え、お前達からはほんの少し芳《かぐわ》しい香りがするのですよ。クンクン。ハア、いい香りです」

「か、嗅ぐな！　この変態が！」

くっ！　後ろで少女も震えている。早くこの男を遠ざけなければ！

「ほほほほ、お前達からは私にお金を運ぶ金運の香りが漂っています。……だが、お前達自身からではないようですね？　これは、残り香？　いや、それとも、誰かの香りがお前達と繋がっているのでしょうか？　遠く離れているというのに、これほどの香りを出すとは。早くお会いしてみたいですねぇ。お前達は知らないのですか？」

こいつは何を言っているんだ？　意味が分からん。

「おひょひょひょひょ、どうやらお前達にも分からないようですねぇ。仕方ありません。その日が来るのを心待ちにしておくとしましょう。お前達の主になる方かもしれませんねぇ。楽しみです」

奴隷商の男は俺達にニコリと笑い去っていった。

「一体、何だというんだ……」

「ク、クロさん。また、誰か来る、の？」

隠れていた少女がおずおずと問い掛けてきた。余程さっきの客が嫌だったらしい。

奴隷商が少女とセットだと言った時の、客の邪《よこしま》な瞳には吐き気がした。

『威嚇』で奴を屈服させられて本当によかった。このような幼い少女に手を出そうとする奴を、誰が主にするものか！

「……知らん。お前が心配する必要はない。何が来ても追っ払ってやる」

「う、うん……」

「疲れただろう。今日はもう眠りなさい」

「うん……。おやすみなさい、クロさん」

「……ああ、おやすみ。……リリアン」

俺のしっぽにくるまれて少女、リリアンは眠りについた。

誰が来たって同じだ。俺達のような奴隷を欲しがる奴の心なんてみんな腐っている。

全て威嚇し、威圧して追い払う。それだけだ。

……誰かが救ってくれるわけなどないのだ。これまで誰も、救ってはくれなかったのだから。

少女が眠ったことを確認して俺も目を閉じた。

せめて、寝ている間だけでも幸せな夢が見られればいいのに、結局俺が見たのは悪夢だった。

◆◆◆

ジェイドさんの治療騒動から一週間が経過した。

ギルドや街の中で時々視線を感じることはあるけど、特に騒がれたりはしなかった。

本当に口止めしてくれたジュエルさんには感謝だ。

そういえば、未だにジェイドさんには会えていない。ジュエルさんに聞いたら、怪我が治ったらすぐにダンジョンに戻ってしまったんだとか。

ディエリス毒については本人も毒を受けた覚えがなかったらしい。目下調査中とのことだけど、そんな状態でダンジョンに行って大丈夫なんだろうか？

【技能スキル『辞書レベル2』を行使します】

『ダンジョン』

世界に多数存在している摩訶《まか》不思議な地下迷宮。神が人間に試練を与えるために造ったとも、魔王が何かの呪術のために造ったともいわれているが詳細は不明。

ダンジョンには魔物が蔓延《はびこ》り危険ランクD以上とされているが、珍しい宝石や魔法道具などが見つかることや、高値で取引される魔物の素材を得やすいことから、攻略を目指す冒険者が多い。

まあ、ダンジョンなんて俺には関係ないから、別に気にする必要はないか。

俺の周りは概ね平穏だ。特に問題なし。だがしかし、俺自身に問題があった。

「ジュエルさん、依頼完了しました」

「まあ、ヒビキ様。なかなか大変でしたわね」

「はい、まさか依頼達成に一週間も掛かるなんて」

現在俺は冒険者ギルドの受付カウンターにホンホン草十五本を提出していた。そう、一週間前に受けた依頼『ホンホン草の採取』がやっと完了したのだ。

「やはりヒビキ様お一人ではなかなか難しそうですわね」

「うう、やってみて大変さが身に沁《し》みました」

「Fランクの冒険者でも、戦闘職であれば一日で完了できる依頼なのですが」

ぐふっ！　俺の精神にクリティカルヒット！

一週間前、医務室を出た俺は、さっそくホンホン草を求めて街の外に出た。

ジュエルさんに聞いたら、エマリアさんと抜けた東の森付近に生えているらしく、特に不安を感じず森に向かった。

一度通った森なのだから、『世界地図』で魔物に注意しながらやれば大丈夫と思ったんだが、それが甘かった。

ちなみに『世界地図』はレベル2になったことで、地形が表示されるようになった。これで森や街道、草原に街などを地図上で把握できる。

そう、俺は『世界地図』を過信していたのだ。

まあ、簡単に説明すると『世界地図』は地図を見ていなければ脅威を発見できないわけで、薬草探しに夢中だった俺は、魔物の接近に全然気が付かなかった。

現れたのは懐かしきホーンラビットだ。俺が最初に遭遇した魔物であり、初めて倒した魔物でもある。楽勝だと思って剣を抜いたんだが、現実はそんなに甘くなかった。

よく考えてみれば、初めての時は突進してきた奴をギリギリで避けて、リュックに角が絡まっているうちに蹴り飛ばして倒しただけ。何ともお粗末な勝利で、戦いとは言えなかった。

ホーンラビットは勢いよく俺に突進してはUターンを繰り返し、俺を角で刺し殺そうとした。俺は避けることに精一杯でとても反撃する余裕はなかった。

結局その日はなんとか奴から逃れることができたが、薬草の方は成果無しとなった。

それから一週間、俺は何度も森の入り口に行っては『世界地図』で注意しつつ、薬草探しに奔走《ほんそう》した。

しかし目をつけられたのか、すぐに魔物が近寄って来るので一日に数本しか採取できず、十五本のホンホン草を得るまで一週間も掛かってしまったのだ。

「こちらが報酬の銀貨一枚ですわ」

「はい、ありがとうございます……」

「やはりパーティーを組むか、奴隷を購入されるかした方がよろしいと思いますわ」

銀貨一枚。日本円で約千円がホンホン草採取の報酬だ。

食費が一日銅貨五枚。宿代が一日銀貨五枚。一週間で金貨三枚と銀貨八枚に銅貨五枚の支出になる。全然割に合わない！

このままだと確かにやばい。

クリラビの報酬をもらってからもう一ヶ月と十日ほど。ここまでの支出は大体金貨二十枚強。まだまだ大丈夫とはいえ、このままじゃ確実に文無しだ。

パーティーは難しいので、やはりジュエルさんの助言通り、奴隷を買うしかないのかもしれない。この際抵抗感がどうこうなんて言っていられない。俺の生活が懸かっているのだから！

「ジュエルさん！　俺、奴隷を買うよ。どこで買えるかな？」

「あらあら、決心しましたの？　もう少し悩まれるかと思いましたが、よかったですわ。南通りの一番奥に奴隷商館がございますわ。今日はもう日が暮れますから明日にでも行かれるとよろしいでしょう」

「分かりました。明日、行ってみます。ありがとうございます！」

「良い奴隷が見つかるといいですわね」


翌日、朝食を食べた俺は、南通りにある奴隷商の館へと足を運んだ。

奴隷商の館は俺が思っていたような殺伐《さつばつ》とした雰囲気はなく、清潔感のあるお屋敷だった。

日本の迎賓館《げいひんかん》をもう少しコンパクトにしたようなお屋敷で、とても奴隷がいる感じはしない。

門前の受付で入館手続きを済ませると応接室に案内された。

待っている間に出された紅茶は美味しかったし、お茶請けのクッキーも日本のお菓子と遜色《そんしょく》なかった。あとでお店を教えてもらおう。

お茶を堪能《たんのう》していると応接室にピシッとスーツを着込んだ中年の紳士が入ってきた。スーツってこの世界にもあるんだ。男性はニコニコと愛想《あいそ》を振りまいて俺に挨拶した。

「これはこれはいらっしゃいませ。当館のご利用、誠にありがとうございます。わたくしがお客様をご担当させていただきます、アジャラタン・デビィと申します。お見知りおきくださいませ」

アジャラタンさんは俺に軽く会釈《えしゃく》をした。すっごいニコニコ顔だ。

「俺はヒビキです。よろしくお願いします。でもそんなに畏まらなくてもいいですよ？」

「いえいえ、お客様には最大限の誠意と敬意を持って接するのが当館の規則にしてわたくしのモットーでございます故、お気になさらず。それではご用件をお聞かせいただけますか、ヒビキ様？」

「えーと、奴隷を買いたいんですけど」

「ほほほほ、当館は奴隷の取引を生業《なりわい》としておりますので、もちろん奴隷をお売りいたしますとも。どのような奴隷をお求めですかな？」

「戦える奴隷が欲しいんですけど、いますか？」

「くふふふ、もちろんですとも、もちろんですとも！　たくさんおりますとも！　ご予算はいかほどですかな？」

「とりあえず金貨二百枚で。どんなに高くても三百枚が限界かな？」

「おひょひょひょ、承知いたしました。何人か見繕《みつくろ》って参りますので少々お待ちくださいませ」

そう言うとアジャラタンさんは応接室から去っていった。

何ていうか、すごく残念な人だ。しゃべらなければジェントルマンって感じのおじさんなのに、しゃべればもう変態紳士にしか思えない。……ほんとに見た目は格好いいのに。

待つこと三十分。その間にメイドさんが来てお茶のお代わりをくれた。

何と別の茶葉の紅茶もあるということで飲ませてもらった。うん、ここの紅茶はどれも美味しい。紅茶とクッキーをどこで仕入れているのか聞いたら、西通りの紅茶専門店だそうだ。今度買いに行ってみようかな。紅茶を淹れる道具はないけどクッキーは保存も利くから持っていてもいいしね。

メイドさんは優しくていい人だった。やっぱりアジャラタンさんが特殊なだけらしい。残念だ。

そうこうしているうちに応接室のドアが開いてアジャラタンさんが戻ってきた。

「ほほほほ、お待たせいたしました。五人ほど連れて参りました。ご覧ください」

アジャラタンさんは五人の奴隷を連れてきてくれた。全員ヒト種のようだ。

物凄い圧迫感！　みんな背が高い！　全員百八十五センチ以上あるね。その上みんなムキムキに鍛えている。悔しくなんか……あるよ！

「いかがですかな？　どれも屈強な戦闘奴隷でございます。どこへ出しても恥ずかしくない一級品でございますとも」

「えーと、見ただけではなんとも……」

「くふふふ、失礼いたしました。それでは一人ずつ奴隷に挨拶をさせましょう。……お前から始めなさい。名前と年齢、職業にレベルを。他にアピールしたいことがあれば言いなさい」

ちょっとびっくりした。アジャラタンさんは俺にはおどけた態度を取っていたけど、急に真剣になって奴隷達に命令をした。俺にもそれでいいんだけどなぁ。

というわけで、五人の奴隷は一人ずつ俺に挨拶をしてくれた。

①黒髪赤眼の大男、ペルさん。三十二歳。職業は重騎士。レベル28。
鎧を着て、重くて大きい槍や大剣を使って戦う腕力重視の職業らしい。「我が剛力でご主人様に近づく敵は全て斬り伏せてみせます！」と、自信満々だ。

②茶髪金眼の長身イケメン、サシュートさん。二十一歳。職業は武闘家。レベル32。武器を使わずに魔物を殴り、蹴り殺すことができる歩く凶器のような職業。「主を満足させてみせます。戦うだけでなく、いろいろと」って、意味不明……。

③青髪金眼の細マッチョ、ダインベルトさん。二十七歳。職業は戦士。レベル22。武器の重さや形状に囚われず、多彩に使いこなせる万能職のひとつ。「元冒険者です。戦う以外にもお手伝いできると思います」と、ホント万能職。

④灰髪黒眼のボディビルダー風、トレさん。十八歳!? 職業は力士!? レベル23。単純な肉体の破壊力は武闘家以上の力押し職業。張り手で魔物が爆散する!? 「魔物のひき肉などすぐにお作りしますよ！」って、ナニコノヒト、コワイ！

⑤金髪碧眼の美中年、カーバインさん。四十歳。職業は武装神官。レベル37。武器の扱いに優れた聖職。回復魔法も使える。つまり聖騎士の下位互換。「お怪我などさせはしませんが、いざという時はお任せください」……本物の紳士だ！

一応全員を挨拶の時に鑑定してみたけど、嘘はないみたいだった。ステータスも俺より全然高いし、護衛としては十分な働きをしてくれそう。

ちなみに金額は、ペルさんが金貨百六十枚、サシュートさんは金貨百七十枚。ダインベルトさんが金貨百四十枚で、トレさんは金貨百二十枚。カーバインさんはなんと金貨二百二十枚だそうだ。

確かにカーバインさんは戦えるだけでなく魔法も使えてレベルも一番高い。初期予算金貨二百枚は超えるけど、それくらいするのは仕方がない。

うーん、どうしようかな。

強さに関しては多分誰も問題ないと思う。それだけ強ければ俺みたいにホーンラビットに苦戦するなんてことは絶対にないだろう。でもMPがなぁ。

彼らのMPは平均して150前後だった。カーバインさんでも200を切っている。『医学書』を使うには少し心許ない。部位欠損を回復する『エクストラヒール』の消費MPは『ハイパーキュア』と同じ250だ。彼らのMPでは、俺のと合算しても『エクストラヒール』を使えない。

パーフェクトヒールとまでは言わなくてもエクストラヒールが使えるようにはしておきたい。魔法使いのようなタイプに変えてもらった方がいいのかな?

でも、魔法使いって肉体的には弱そうだな。俺としては自分の肉体で戦えて尚且つMPも高い人がいいんだけど。欲張りなんだろうか?

「おひょひょひょひょ、いかがですか? 皆、素晴らしい奴隷達でございましょう? ここまでの質の戦闘奴隷は、なかなか他ではお目に掛かれないと思いますよ?」

アジャラタンさんは、元のおどけた表情で俺に声を掛けた。

それに対して俺は悩む仕草を見せた。まだ答えがだせない。

「ほほほほ、どうやらお気に召す者がいないようですねぇ。ご希望に添えませんでしたかな？　よろしければ他の奴隷も見繕って参りますよ？　ええ、参りますとも！」

アジャラタンさんは他の奴隷も連れてくると気を利かせてくれた。確かに他の奴隷も確認してみたい。安い買い物じゃないもんね。しっかり納得して買いたい。

でも、何だろうこの感じ。多分次に連れてくる奴隷も俺の求める人じゃない気がする。理由は分からないけど、そんな気がする。

「くふふふ、どうなさいますか、ヒビキ様？　新たに見繕って参りますか？」

どの道会わないと分からないな……。仕方がない、お願いしようか。

（自分で見てきたら？）

ん……今のは？　頭の中で声がした。

俺が急に目を見開いたものだから、アジャラタンさんは不思議そうにしている。

今の声って、えーと、この前ギルドでみんなの無事を教えてくれた神様、だよね？　何、あの人！　あ、人じゃないのか。何、あの神様！

て、違う違う！　そんなことより「自分で見てきたら」？

つまりアジャラタンさんが連れてくる奴隷だけじゃ、俺の欲しい奴隷は見つからないってこと？

神様がそう言うならそうなのかな？

「アジャラタンさん、よかったら奴隷のいるところに案内してもらえませんか。できれば全員を見て、良さそうな奴隷がいないか確かめたいんですけど」

「奴隷の収容施設を見て回りたいと？」

「駄目ですか？」

アジャラタンさんは少し考えるような仕草をして、割と簡単に返答した。

「おひょひょひょひょ、いえいえ！　あまり無いことでしたので少々驚いただけでございますとも。構いませんよ、ええ、構いませんとも！　ご希望に従い奴隷達の収容施設にご案内いたしましょう。お気に召す奴隷がいればどうぞお申し付けください」

よかった、ひと安心。

アジャラタンさんは収容施設に連絡をしてから案内をしてくれるそうなので、準備が整うまでしばらく待つことになった。五人の奴隷も彼と一緒に下がった。

待っている間、さっきのメイドさんが再び新しい茶葉の紅茶を用意してくれた。

なんて気が利くメイドさんなんだろうか。

紅茶を飲んだ俺は、自然と口角が上がり笑顔になる。

ニッコリと笑って「美味しいです、ありがとう」と言ったらメイドさんが俯いてしまった。

さっきまで普通だったのに頬を赤くしているようだ。

大丈夫かな？　風邪でも引いたんだろうか？

俺が尋ねるとメイドさんは「大丈夫です」と言って微笑み返してくれた。まあ、大丈夫なら気にしなくてもいいかな。

メイドさんが用意してくれた次のお茶請けはマドレーヌだった。この世界のお菓子事情は全く問題が無いようで何よりだ。うん、美味しい。

しばらく美味しいお菓子と紅茶に舌鼓《したつづみ》を打っていると、アジャラタンさんが応接室に戻ってきた。

「ほほほほ、お待たせいたしました。準備ができましたのでこちらへどうぞ」

俺はアジャラタンさんに案内されて奴隷達の収容施設とされる屋敷の南館へと案内された。屋敷の中は本当に豪華で、貴族のお屋敷かと思った。

アジャラタンさんに尋ねると、奴隷を購入する人は、貴族や金持ちの商人がほとんどなので、取引場となる奴隷商館もそれ相応のものでないといけないそうだ。

奴隷達も身綺麗にしておかないと売りにくくなるので、粗雑に扱うことは少ないらしい。

「今更ですけど俺、貴族でも大商人でもないけど良かったんですか？」

俺の格好は初心者冒険者丸出しのチープな格好だ。でもアジャラタンさんは俺を小馬鹿にするでも侮《あなど》るでもなく誠意ある対応をしてくれている。どうしてだろう？

「くふふ、見た目でお客様を判断などいたしませんとも。わたくしには分かります。お客様からは芳しい金運の香りが漂っているのですよ！　お客様を蔑《ないがし》ろにすることなどありえません！」

「金運の香り？」

「ええ、お客様が当館にいらっしゃった時、あまりの香りにいても立ってもいられず、わたくしが担当させていただくことにしたのです！」

何だろう、スキルかな？　ちょっと鑑定してみよう。

【技能スキル『鑑定レベル3』を行使します】

【名　前】アジャラタン・デビィ
【性　別】男
【年　齢】48
【種　族】ヒト種
【状　態】魅了（金運の嗅覚）
【職　業】奴隷商人（レベル82）
【レベル】15
【ＨＰ】230／230
【ＭＰ】95／95
【ＳＰ】195／195
【物理攻撃力】58
【物理防御力】80
【魔法攻撃力】57
【魔法防御力】119
【俊敏性】90

【知　力】115
【精神力】80
【　運　】80
【固有スキル】『金運の嗅覚』
【技能スキル】『目利きレベル10』『損得勘定レベル9』『高速演算レベル9』『統率レベル10』
『ポーカーフェイスレベル8』『気配察知レベル7』『契約レベル1』
『危機察知レベル9』『即決レベル6』
【魔法スキル】『隷属《れいぞく》魔法レベル6』
【　称　号　】『大商人』『一攫千金』『変態紳士』『金貨を愛《め》でる者』

【技能スキル『辞書レベル2』を行使します】

『金運の嗅覚』

近い将来大金を手に入れる者、スキル使用者に多大な儲けを与える可能性の高い者から、至高の香りを感じ取ることができるスキル。金運の香りを発する者にはメロメロになってしまう。


うわー、この人エマリアさん以上にお金大好き人間だ。ステータスのバランスもすごいな、職業レベル高っ！　完全に非戦闘職を絵に描いたようなステータスだ。

あ、【状態】が表示されてる。『鑑定』がレベル3になって、新しく表示されるようになった項目だ。……魅了されているよ、アジャラタンさん。しかも自分のスキルが原因で。

いいのかな？　……まあ、幸せそうだし問題ないのかな？

「おひょひょひょひょ！　着きましたよ、ヒビキ様。中にお入りください」

鑑定している間に南館に辿り着いた。

戦闘奴隷を収容している区画へ案内されると、中は小部屋が並んでいた。外観こそお屋敷と変わらないけど、かなり改装してあるみたいで、言ってみれば刑務所のような感じだった。

金額の高い奴隷は一つの独居房に一人が入り、それなりの値段の奴隷は三〜五人が大部屋で寝起きしていた。でも不衛生ということはなく、特別不健康な人は見受けられない。

まあ、奴隷ということもあって目が死んでる人はそれなりにいるけど。

この世界で奴隷になるのは、犯罪を犯した者がなる『犯罪奴隷』、敗戦国の兵士などがなる『戦争奴隷』、借金のかたに売られてなる『負債奴隷』、そして不当な拉致《らち》・誘拐《ゆうかい》により闇市場で取引される『不法奴隷』などがあるらしい。

「当館では不法奴隷は取引しておりません。当館はクリーンなことが売りのひとつなのです」

というのがアジャラタンさんの意見だ。法を犯しての金儲けは割に合わないからこの奴隷商館では絶対にやらない方針らしい。奴隷自体にまだ抵抗があるものの、その方針には俺も賛成だ。

理不尽な理由で奴隷にされるなんてありえない。

「ほほほほ、それでは一人ずつご紹介して参りましょう」

予算内で収まる戦闘奴隷を紹介してもらった。ちなみに、最初にアジャラタンさんが連れてきた五人は全員独居房の人達だった。かなり優秀らしい。

彼ら以外にも優秀な奴隷はたくさんいた。金貨五十枚くらいの人でもレベル20の戦士とかちょっとお買い得っぽい人も結構いたし、魔法使いの人もいてMPが230っていう人もいた。

俺とMPを合算すれば、ギリギリ『エクストラヒール』が使えるレベルだ。でも……。

「何でかな、ピンとこない……」

「おや、ピンときませんか？」

おっと、つい口に出てしまった。でもそう、ピンとこない。神様がわざわざ見てこいと言った割にはコレって人には出会っていない気がする。

「うーん、良い人はたくさんいたんですけど、しっくりこないというか」

「くふふふふ、難しいところでございますな。他に残っているのは金貨三百枚以上の戦闘奴隷か戦闘奴隷以外ですなぁ」

「戦闘奴隷以外って何をするの？」

「おひょひょひょひょ、肉体労働であったり、頭がよければ事務作業の手伝いだったりですね。もちろん、性奴隷もおりますからお楽しみいただけますとも」

「どれも必要ないかな。肉体労働も事務仕事もないし、性奴隷もねぇ」

「おや、男なら性奴隷の一人や二人欲しくはないですかな？」

「うーん、そういうことは恋人としたいし、その気の無い相手とってむしろ気持ち悪くない？」

俺だって健全な男子高校生なんだから性欲くらいあるけど、好きでもない人に対して欲情はしないなぁ。……大樹には十代で枯《か》れすぎとか言われたけど、普通でしょう?

「ほほほほ、いけませんなぁ。そんなにお若いうちから枯れ果てたようなことを仰られては。何事も経験ですぞ、経験!」

アジャラタンさんにも枯れてるって言われた⁉ ダメなの、俺?

「くふふふ、ヒビキ様、一応そっちの奴隷の方も確認してみますか? この際です、全ての奴隷をお確かめになってからお決めになっては?」

「いいんですか? 今だって結構時間取っているけど」

「おひょひょひょひょ、何を仰いますか! ヒビキ様の金運の香りは強くなるばかり! どこかにお気に召す奴隷がいるのでございましょう。さあ行きましょう、ヒビキ様! 私のお金のために!」

言っちゃったよ、この人。まあ、いいけどさ。

アジャラタンさんに連れられて、俺は次の大部屋、非戦闘奴隷の集まる区画へ向かった。

構造は戦闘奴隷の区画と大差なかった。やはり金額の高い奴隷は一人部屋で、そうでない奴隷は大部屋で管理されている。

さっきまでと違うのは、部屋の住人がとても細いってことかな。先にこっちを見ればそう思ったりはしなかったんだろうけど、戦闘奴隷を見た後だと頼りなく見えた。

「ほほほほ、こちらにいるのは先程申し上げました通り、肉体労働や事務手伝いをする奴隷に性奴隷ですな。お誘いしておいてなんですが、戦闘には向きませんなぁ」

確かにアジャラタンさんの言うとおり。何人か鑑定してみたけど『商人』や『左官』のような非戦闘職の人ばっかりだ。

鍛えている人もちらほらいたけど、何この『ボディビルダー』って。これを職業にして、この世界で生きていけるの⁉

「くふふふ、あれは筋肉を愛でるのが好きなお客様が時折おりましてね、リビングに飾って堪能なさるそうですよ。扱いとしては一応性奴隷ですね」

「あの……売れるんですか？」

「おひょひょひょひょ、これが売れるのですよ！　彼も一ヶ月以内に売れてしまうでしょうなあ！　はあ、その時が待ち遠しい！　金貨二百五十枚以上の値は確実ですからなあ！」

この世界おかしい！　あの筋肉はすごいけど、あの人は俺が最初に見た五人より高いの⁉

「ほほほほ、ヒビキ様には分からない世界でしたかな？　くふふふ、奴隷の世界は奥が深くて広いのですよ。私にも全容を把握できないほどです」

「……そうですね（知りたくはないです）」

「おひょひょひょひょ、そろそろ全て見終わってしまいますが、いかがですかな？　気に入った奴隷は見つかりましたかな？」

そうなのだ。ああやってアジャラタンさんと無駄話をしながら見て回ったけど、コレって思う人には出会わなかった。

戦闘奴隷でない彼らのレベルは総じて低い。当然ＳＰもＭＰも低い。

『医学書』の治療では回復魔法にＭＰが必要だけど、ポーションを調合するにはＳＰが必要になる。

ＳＰとＭＰがどっちも高い人が理想的なんだよね。

「うーん、なかなか見つからないですね。これならやっぱり、戦闘奴隷から選んだ方がいいかもしれない」

「ほほほほ、お眼鏡に適いませんか。それにしてもおかしいですな。今もヒビキ様からは芳しい金運の香りが漂っているというのに。この先はあまり使い道のない奴隷の区画になりますしねぇ」

「使い道のない奴隷ですか？」

アジャラタンさんの方を見ると、彼の眼が若干冷たくなった気がした。

「ええ、このあたりの奴隷は『売り』がなくて困っている奴隷なのですよ。肉体労働もできず、さりとて頭も良くない、容姿も好ましくないから性奴隷としても不十分という者達ですな。値段は安いですが『使えない』ということで返された者もおります」

そう言いながら、アジャラタンさんは俺を「使えない奴隷」の区画に案内してくれた。

「使えない奴隷」達は、確かに難ありって感じだった。

咳込《せきこ》んでいる奴隷に、頬もこけ今にも倒れそうな奴隷、身体の一部を失っている奴隷もいた。

ここの奴隷はさっきまでの人達以上に暗い目をしていて、絶望感が凄《すさ》まじかった。確かにこれでは誰も買いたいと思わないんじゃないかな。

アジャラタンさんによると、医師による治療も与えているし、普通に食事も与えているんだが、どうしても陰気な雰囲気になってしまうらしい。

「くふふふ、やはりお気に召す奴隷はいそうにないですかな？」

「多分、いないと思います。でも折角なんで、最後まで回りましょう」

残りはあと十人くらい。とりあえず最後まで見たら、戦闘奴隷の区画に戻って選ぶしかないな。

残念だけど妥協《だきょう》も必要だ。


（ほーら、いた）


「え？」

声が聞こえたので振り返ると、目の前の独居房には、ぐったりと横たわり凶暴な目つきで俺を睨む真っ黒な狼がいた。

狼といっても顔以外の身体は人間だ。全身黒い毛皮で覆われている。

初めて見た獣人種だった。

ちなみに、半獣人種は人間がベースとなり、耳やしっぽなどの動物的特徴を持つ種族を指す。

獣人種は獣がベースとなり、そこに人間的特徴を加えた種族らしい。

狼さんは横たわっていても大きな体格だった。

身長は二メートルを軽く超え、しっかりと鍛え上げられた身体は戦闘奴隷と差がない。むしろ彼ら以上の練度を感じる。

なぜそんな狼さんがこの「使えない奴隷」の区画にいるのか。答えは見ただけで分かった。

両腕を手首から、左足の太ももから先を、すっぽり失ってしまっていたのだ。

立つことも、座ることもままならない狼さんは横たわったまま、俺達を睨んでいた。

そして狼さんの隣には、小さな女の子が怯えた表情で座り込んでいた。肩までふわりと伸びた艶《つや》のある茶髪に、潤《うる》んだ碧眼の小柄な少女だ。

でも狼さんを怖がっているわけじゃない、俺とアジャラタンさんを怖がっているようだ。

「おや、どうされましたヒビキ様？」

「アジャラタンさん、この人達って……」

「おひょひょひょひょ？　この者達ですか？　あの獣人種は戦争奴隷でしてな、ある国の戦争で負けて当館で引き受けたのですよ。扱いとしては性奴隷ですな」

「え⁉　この狼さんが、性奴隷？」

「ほほほほ、先程も申し上げた通り世の中には奇特な方もいるのですよ。とは言っても彼はまだ売れたことがないですがねぇ。ここに来てもう一年くらいですかな？」

「あの、そばにいる女の子は？」

「負債奴隷の少女ですな。あれも性奴隷です」

「まだ小さい女の子ですよ⁉」

「くふふふ、それにも需要はあるものですよ。といってもこの場合は扱いだけで、実際には彼の世話係をさせておりますな」

性奴隷と言われた瞬間、女の子は震えだした。狼さんも大きく唸って俺を威嚇した。

そんなに威嚇しなくても、小さい女の子に手を出したりしないよ！

「本当はその少女には戦闘奴隷になってもらうつもりだったのですよ」

「……何度も言うけど小さい女の子だよ？」

「以前鑑定士に、大変な魔法の才能があると言われたので購入したのですが、魔法は使えても制御が全くできずに暴発するばかりで。危険物扱いになったためこちらの区画に移動したのですよ」

魔法の才能か。暴発するのは制御力が足りないだけかも。

ＭＰが高いなら買ってもいいかもしれない。本人に魔法は使わせないで『医学書』のＭＰ要員という方法もありかも。

何より、さっき俺を呼び止めたのって神様だよね？　俺に声掛けすぎのような気もするけど、この際それは置いておこう。

彼らのうちどちらかが、もしくは両方が神様のお眼鏡に適っているってことだよね？

そういうことなら鑑定してみようかな？

【技能スキル『鑑定レベル3』を行使します】
【名　前】クロード・アバラス
【性　別】男
【年　齢】26
【種　族】獣人種（黒狼族）
【状　態】隷属

【職　業】騎士（レベル15）
【レベル】15
【Ｈ　Ｐ】157／239
【Ｍ　Ｐ】128／128
【Ｓ　Ｐ】429／429
【物理攻撃力】102
【物理防御力】79
【魔法攻撃力】130
【魔法防御力】34
【俊敏性】28
【知　力】60
【精神力】57
【　運　】0
【固有スキル】なし
【技能スキル】『剣技レベル1』『槍技レベル1』『盾技レベル1』『槌技レベル1』
『斧技レベル1』『体術レベル1』『瞬脚レベル1』『流脚レベル1』
『豪腕レベル1』『体幹制御レベル1』『威圧レベル1』『統率レベル1』
『気配察知レベル1』『危機察知レベル1』『威嚇レベル1』

【魔法スキル】なし
【　称　号　】『敗戦者』『負け犬』

【技能スキル『鑑定レベル3』を行使します】
【　名　前　】リリアン・ルージュ
【　性　別　】女
【　年　齢　】10
【　種　族　】ヒト種
【　状　態　】隷属
【　職　業　】非表示
【　レベル　】1
【　Ｈ　Ｐ　】20／27
【　Ｍ　Ｐ　】680／680
【　Ｓ　Ｐ　】16／16
【物理攻撃力】10
【物理防御力】4
【魔法攻撃力】7－1
【魔法防御力】9

【俊敏性】13
【知　力】16
【精神力】9
【　運　】50
【固有スキル】非表示
【技能スキル】なし
【魔法スキル】『火魔法レベル１』『水魔法レベル１』『風魔法レベル１』
『土魔法レベル１』『植物魔法レベル１』『雷魔法レベル１』
『光魔法レベル１』『闇魔法レベル１』『支援魔法レベル１』
【　称　号　】非表示

何だか二人ともアンバランスなステータスだな。狼さんこと、クロードさんはレベルの割にステータスが低く、一方でスキル数が多い。

少女こと、リリアンちゃんはＭＰと魔法攻撃力がはっきり言って異常だ。あんなの暴発して当然だよ。

あと、この『非表示』って何だろう？


【固有スキル『識者の眼レベル１』がステータスの改ざんを認識しました】

【固有スキル『識者の眼レベル1』により再度『鑑定』を行使します】

え!? 何? どういうこと!?

【技能スキル『鑑定レベル3』を行使します】

【名　前】クロード・アバラス
【性　別】男
【年　齢】26
【種　族】獣人種（黒狼族）
【状　態】隷属・呪縛（不動の八鎖）
【職　業】騎士（レベル15）↑勇者（レベル95）
【レベル】15（95）
【ＨＰ】157／239（4257）
【ＭＰ】128／128（3066）
【ＳＰ】429／429（4115）
【物理攻撃力】102（2211）
【物理防御力】79（1979）
【魔法攻撃力】130（1752）

【魔法防御力】34（1546）
【俊　敏　性】28（2142）
【知　　　力】60（718）
【精　神　力】57（2082）
【運　　　】0（50）
【固有スキル】『地帝の聖剣（レベル10）使用不可』『精霊の豪剣　使用不可』
【技能スキル】『剣技レベル1（10）』『槍技レベル1（10）』『盾技レベル1（10）』
『槌技レベル1（9）』『斧技レベル1（9）』『体術レベル1（10）』
『瞬脚レベル1（10）』『流脚レベル1（10）』『豪腕レベル1（10）』
『体幹制御レベル1（10）』『威圧レベル1（8）』
『統率レベル1（9）』『気配察知レベル1（10）』
『危機察知レベル1（10）』『威嚇レベル1（9）』
【魔法スキル】『大地魔法レベル10　使用不可』『水魔法レベル9　使用不可』
『光魔法レベル10　使用不可』『嵐魔法レベル6　使用不可』
【称　　号】『敗戦者』『負け犬』
【以下非表示】『救世主』『獣国の英雄』『守護者』『地帝の愛し子』

【技能スキル『鑑定レベル3』を行使します】

【名　前】リリアン・ルージュ
【性　別】女
【年　齢】10
【種　族】ヒト種
【状　態】隷属・魔力暴走（神域の暴流）
【職　業】15歳未満はなし（賢者）
【レベル】1
【ＨＰ】20／27
【ＭＰ】680／680
【ＳＰ】16／16
【物理攻撃力】10
【物理防御力】4
【魔法攻撃力】7－1
【魔法防御力】9
【俊敏性】13
【知　力】16
【精神力】9
【運】50

【固有スキル】『神域の暴流』
【技能スキル】なし
【魔法スキル】『火魔法レベル—』『水魔法レベル—』『風魔法レベル—』
『土魔法レベル—』『植物魔法レベル—』『雷魔法レベル—』
『光魔法レベル—』『闇魔法レベル—』『支援魔法レベル—』
【 称 号 】『賢者候補生』『神の試練を受けし者』

……サポちゃん何が起こったの!? よく分からないんだけど!

『サポちゃんより報告。固有スキル『識者の眼レベル—』が改ざん・秘匿されたステータスを認識し、公開しました。サポちゃんより以上』

それがよく分からないんだけど……。

『サポちゃんより報告。『辞書』の行使を推奨します。サポちゃんより以上』

そういえばそうだった。

【技能スキル『辞書レベル2』を行使します】
固有スキル『識者の眼』希少ランクSSS以上
神が気まぐれで与える世界最上位の鑑定眼。その瞳はこの世の全ての真実を認識し、識別できると言われている。レベルが上昇するたびに神の視点に近い認識力を持つようになる。
通常はパッシブスキルとして機能するが、本人の意思次第でアクティブスキル『開眼モード』を使いこなせる。

神様やりすぎいいいいいっ！　固有スキルが全部希少ランクSSS以上って、いいのそれ!?

思い返すと俺のスキルって、全部希少ランクが高くない!?

『サポちゃんより報告。スキル使用者の所有スキルは『鑑定』『契約』『翻訳』『暗号解読』が希少ランクB、それ以外は全て希少ランクA以上です。サポちゃんより以上』

それって普通なの!?

『サポちゃんより報告。前代未聞《ぜんだいみもん》です。サポちゃんより以上』

やっぱり！　前代未聞とかやめてよ、神様！　ジュエルさんが言ってたでしょう!?　俺のスキルが希少すぎて狙われるかもって！　自重してください、神様！

（やーだよ。面白そうだもん！）

また何か聞こえた！　神様、明らかに過干渉ですよ！　うう、どうしよう。

「どうされましたかな、ヒビキ様？」

「え？　あ、いえ、何でもないですよ？」

「では次に行きますかな？」

「……もうちょっとだけ待ってもらっていいですか？」

「構いませんが……？」

とりあえず神様のことは一旦諦め……いや忘れよう。諦めちゃダメ！

つまり固有スキル『識者の眼』で見たステータスが、彼らの本来のステータスってことだよね。

リリアンちゃんは、非表示の固有スキルと称号が見えるようになった。

クロードさんのはよく分からないな。

『呪縛（不動の八鎖）』を確認しよう。

【技能スキル『辞書レベル2』を行使します】

固有スキル『不動の鎖』希少ランクSS

見えざる呪いの鎖。このスキルを使用された者はあらゆる行動を制限される。スキルレベルが一つ上昇するたびに使用できる鎖の本数が増え、呪縛効果が高くなる。解呪は困難。

このスキルのせいでステータスおかしくなっているのか？　手足が無いのもこのスキルによる呪縛のせい？　……誰だこんな非人道的なスキルを使った奴は!?

それに職業も、本当は勇者なのに騎士に……勇者？

【技能スキル『辞書レベル2』を行使します】

『勇者』

勇ましき者。勇気ある者を指す言葉。職業としては、世界で四人だけが就くことのできる希少ランクSSSSの希少職。三種の神選職の一つ。世界を襲う災厄に立ち向かう救世主に与えられる職業。

ちょっと！　勇者様が何者かに封じられているんですけど!?　これって世界の危機じゃない？

ツッコミどころが多すぎる……。リリアンちゃんの方は？　固有スキルを確認してみるか。

【技能スキル『辞書レベル2』を行使します】

固有スキル『神域の暴流』希少ランクSS

このスキルを所有する者は神の住まう領域『神域』と魂が繋がっており、魔力を神域から与えられる。その魔力は膨大にして凶暴。本来、人の身では扱いきれないため自滅することが多い。神が与える試練のスキル。

神様、こんな小さい子になんてスキルあげちゃったの⁉

（賢者に与えし試練だよー。仕方ないよー）

え？　賢者に与えた試練……？

【技能スキル『辞書レベル2』を行使します】

『賢者』

道理に通じる賢く優れた者を指す言葉。職業としては、世界で七人だけが就くことのできる希少ランクSSSの希少職。三種の神選職の一つ。全ての魔法に精通する魔導士系最強の職業。勇者の相棒として有名。

俺の目の前に、世界を救う勇者パーティーがいました。

「おひょひょひょひょ、ヒビキ様、大丈夫ですか？」

「……は！　だい、じょうぶです」

与えられた情報が濃すぎて意識が飛んでました。

「ほほほほ、こちらの奴隷達に興味がございますかな？」

「ええ、まあ、どうしようかなって考えてまして」

「くふふふ、しかし彼らは見てのとおり戦うことなどできませんよ？」

なぜだかアジャラタンさんはニンマリと笑いながら俺にそう聞いてきた。

でも実際のところ彼らを購入して困ることは、多分ない。

リリアンちゃんのＭＰがあれば、クロードさんの身体も治せるだろうから、護衛はしてもらえる……今も唸って俺を睨んでるけど。

それにリリアンちゃんはＭＰ要員、非戦闘要員扱いにしておけば大丈夫。

俺が欲しいのはあくまで戦える護衛と回復を手伝ってくれるＭＰ要員だ。一人を買うつもりだったけど二人でも困ることはない。

それより気になるのは、勇者と賢者を俺の奴隷にしていいのかってことだよな。

いいんですか、神様？


（好きにすればいいんじゃなーい？）

もう会話になるほど軽いんですけど。まあ、神様がいいって言うならいいのかな。でもクロードさんの呪いはどうにかしたいかな。

『サポちゃんより報告。技能スキル『救済措置レベル1』の使用を推奨します。サポちゃんより以上』

『救済措置』？　そういえば、先週新しく取得したスキルにそんなのがあったっけ？

【技能スキル『辞書レベル2』を行使します】
【技能スキル】『救済措置』希少ランクS
対象者が不当な理由によって外部から行動や思考を制限されている場合、その外圧から対象者を解放、緩和ができるスキル。外圧は種類を問わない。救済の可否はスキルレベルに依存する。

まるでクロードさんを助けるためのスキルだ。
神様は俺にクロードさんを助けてほしいのか。『チュートリアル』の運命操作ハンパないな。そこまでお膳立てされてるのなら仕方がない。少しちょっかいが多いけど神様には助けられてばっかりだし、ここは協力しますか。俺としても、この二人を放っておくのは忍びない。
クロードさんとリリアンちゃんを買おう。
「おひょ？　ひょひょ？　おひょひょひょひょひょ、ひょひょひょひょひょひょっ、ひょひょひょひょひょひょひょひょひょひょひょおおおおおおおおおお！」

「アジャラタンさん!?」

俺が購入を決心した瞬間、アジャラタンさんが壊れてしまった。

「アジャラタンさん、正気に戻って！」

俺が呼び掛けても、アジャラタンさんの奇声は止まらない。

クロードさんとリリアンちゃんも、アジャラタンさんの突然の変貌に目を丸くしていた。

「ほほほほほほっ！　ヒビキ様、ヒビキ様から！」

「お、俺!?　俺が何？　どうしたの!?」

「くふふふ！　ああ、芳しすぎて、しょ・う・て・ん・す・るうううううう！」

やばいやばい、ホント何なの!?

結局五分ほど、アジャラタンさんはこの調子だった。怖かった……。

「おひょひょひょひょ、申し訳ございません。ヒビキ様からあまりに強烈な金運の香りがしたもので、昇天してしまいました。こんなことは初めてで……ポッ」

頬を赤らめてこっちを見ないで！　マジ怖いから。

「あの、もう大丈夫ですか？」

「ほほほほ、ええ、もう落ち着きました。それで、もしやどの奴隷をご購入するかお決めになられたのですかな？」

すごいな、この人。もう元の状態に戻ってるよ。こっちは忘れられないトラウマものなのに。

「はい、決めました」

「くふふふ、戦闘奴隷から選びますか？」

「いいえ、戦闘奴隷からは選びません」

「おやおや、おひょひょひょ、ではどちらから？」

ニヤニヤしちゃって。分かってるくせに。

「彼らを購入します」

俺は二人を指差して言った。アジャラタンさんはにっこり笑い、クロードさんとリリアンちゃんは今日一番の驚きの表情を見せた。

「お買い上げありがとうございます。二人合わせて金貨四十枚でございます」

「戦闘奴隷より全然安いですね」

「それはもう、彼らは『使えない奴隷』ですからな」

「金運の香りがしたのにごめんね」

「おひょひょひょひょ、何を仰います。金運とは目先の金を指すのではございませんよ。今後とも当館を、ひいては当商会をご贔屓《ひいき》に」

アジャラタンさんは、それはそれは嬉しそうにニッコリ笑う。商売ってそういうものなのかとちょっと感心した。

そのとき、俺の隣から大きな唸り声が響いた。

「グルルルゥ！　き、貴様あああああ！　こんな小さい子供を奴隷にして一体何をするつもりだ！

この人でなしが！　恥を知れ！」

助けようとして購入した狼奴隷さんに罵声《ばせい》を浴びせられました。

むむ、流石に助けようと思った相手に怒鳴られたのはムッとした。誤解だって分かるけど、ちょっとくらい反撃してもいいでしょう。

「やだな、小さい女の子に酷いことなんてしないよ？　俺がイロイロするのは狼さんにだよ？」

「グルルルル……は？」

「だから、イロイロされるのは狼さんの方だよ？」

俺は笑顔で言った。手足を治したり呪縛を解《と》いたりイロイロするよ？

クロードさんはしばし目を点にして俺を凝視していたが、すぐに正気を取り戻した。

「こ、子供のうちからそんな、ふ、不健全なことをするものではない！　今すぐ考え直すのだ！」

「子供じゃないやい！　十六歳だもん。もう成人してるもん！」

「いや、その言動が子供だ！　身体も心もまだ未熟だ。そんな可愛らしい容姿のくせに、物狂いのようなことをするんじゃない。考え直せ！」

物狂いって、一体俺が何をすると思っているんですか？

「もう決めたんだ。後でまた会おうね」

「おい、待て！　待つんだ！　考え直せ！」

クロードさんは必死で俺を説得しようとしたけど、俺はそれをスルーしてアジャラタンさんと応接室に戻った。

◆　◆　◆

「ほほほほ、では金貨四十枚、確かにいただきました」

二人の奴隷を購入することが決まって、俺はギルドから金貨四十枚を引き出しアジャラタンさんに支払った。この世界では現金取引が一般的なんだとか。

クレジット払いとかあればいいのに。金貨さん、君、重いよ。

支払いが終わると、アジャラタンさんがクロードさんとリリアンちゃんを連れてくる。

クロードさんは片足がないので、左脇に松葉杖を挟んでなんとか応接室に入った。使用人が支えようとしたんだけど、頑《かたく》なに拒んだらしい。

プライド高いな、勇者様。リリアンちゃんが心配そうに見てるよ？

立たせっぱなしも気になるので、アジャラタンさんに頼んで、二人の椅子を用意してもらった。

「くふふふふ、黒狼族の獣人種がクロード、ヒト種の少女がリリアンです」

「よろしくね。クロード、リリアン」

「グルルルルルルルルッ」

「……あの、よろしく、おねがい、しま、す」

アジャラタンさんに、主が奴隷をさん付けで呼ぶのは世間体《せけんてい》が良くないと言われたので、呼び捨てにする。そうしないと、逆に奴隷が非難される場合があるらしいから仕方がない。

「おひょひょひょ、ではさっそく、奴隷契約をいたしましょう」

「まだ何かあるんですか？」

「おや、ヒビキ様はあまり奴隷にはお詳しくないのですね。今から私の隷属魔法で、彼らを真の意味でヒビキ様の奴隷にするのですよ」

「真の意味で？」

「彼らは首輪を嵌《は》めておりますでしょう？　あれは魔法道具でして、あれに隷属魔法を込めることでヒビキ様の命令に従わせられるのですよ。害を為すこともできなくなりますのでご安心を」

「そこまでしないとダメなの？」

「隷属魔法は奴隷の証《あかし》であり、奴隷にとっての身分証でもありますから絶対に必要ですな。むしろ奴隷なのに隷属魔法が掛かっていないとなれば、逃亡奴隷として処罰されます」

うーん、それなら仕方ないか。命令はなるべくしない方向で。

「どうすればいいんですか？」

「ほほほほ、私が隷属魔法を掛けますので、ヒビキ様は首輪の魔石に血を付けください」

「え、嫌です」

「くふふふ？」

「痛いのは嫌です」

ここはきっぱり言っておかないと。

痛いのつらいの大変なのが困るから奴隷を買うのに、ここで血を出せとか嫌に決まっている！

注射だって大嫌いだからな。

「おひょひょひょ、でしたら唾液《だえき》でも構いませんよ。ヒビキ様の情報を魔石に取り込ませるのが目的ですからな」

それなら最初からそう言えばいいのに、なぜ血を？

「分かりました。お願いします」

アジャラタンさんはほほほほと笑いながら、まずクロードに隷属魔法を使う。

「隷属魔法『主従契約《サーヴァント》』」

アジャラタンさんが唱えると、首輪の青い魔石が淡い光を放った。

「ほほほほ、この魔石に唾液を付けてください。魔石が赤くなるまでです。血なら一滴で済みますが、唾液だと少々多めに必要でしょうな」

唾液を多めね、了解です。

どうやって付けよう？　指で付けるのは何だかばっちぃな……直接付けるか。

俺は唸るクロードに近寄り、彼の太ももの上に跨り、首に顔を近づけた。座っていても高い位置にあるから大変だ。

「グルル……ひひゃっ!?」

「くふ？　おひょひょひょひょ！」

「きゃっ!?」

クロードが素《す》っ頓狂《とんきょう》な声を上げ、アジャラタンさんは笑い出した。リリアンも小さく声を上げた。

どうしたんだろう？

俺は魔石が赤くなるまで、夢中で魔石に舌を這《は》わせ続けた。

いつの間にか部屋の中は静かになり、俺の舌の音だけが響いていた。

一分くらい舐め続けてようやく魔石が赤色に変わる。

ふう、疲れた。奴隷契約を血でする理由が分かったよ。

クロードを見ると、なぜか天井を見たまま硬直していた。隷属魔法の副作用か何かな？

「終わったよ、アジャラタンさん。次はリリアンをお願い」

「ひゃあ!?」

「リリアン？」

「ご、ご主人さま……ど、どうかわたしは血で」

「え、でも痛いのは嫌だし」

「お、お願いします。どうか血で……」

なぜか頑なに血を求める涙目のリリアン。アジャラタンさんはほほほほと笑うだけで、何も言ってこない。するとさっきまで硬直していたクロードが正気に戻った。

「……はっ！　た、頼む、おま、いやご主人様！　後生《ごしょう》だから血にしてやってくれ！」

「クロードまで、どうしたの？」

「くふふふ、奴隷のことを思うなら血にしてあげるのがよろしいでしょうな。幼子には少々刺激が強すぎるでしょう」

「刺激？」

よく分からないけど強要するのは気が引ける。仕方ない少しくらい痛いのは我慢しよう。

アジャラタンさんに針を用意してもらい、プスッと刺してもらった。

自分で刺せるわけがないでしょ！　うう、やっぱり痛い……。

血を一滴垂らすと、魔石は一瞬で赤色に染まった。

リリアンは安堵している。唾液と血で何が違うんだろう？

「結局血を出すのなら、わた……俺もそっちにしてもらいたかった」

クロードが嘆くように何か言ったけど、声が小さくてよく聞こえなかった。

「おひょひょひょひょ、自覚がないのも困りものですなぁ。それではこれにて奴隷契約は完了でございます、ヒビキ様」

「はい。今日はありがとうございました、アジャラタンさん」

「いえいえ、今後とも我がデビィ商会をよろしくお願いいたします」

「デビィ？」

「ほほほほ、ご存知なかったですかな？　わたくし、アジャラタン・デビィはこの奴隷商館を営む『デビィ商会』の商会長なのですよ」

この広いお屋敷のご当主さんでしたか。……大丈夫かな、ここ？

全ての取引を終え、クロードとリリアンを連れて屋敷を出ていく。これがなかなかに大変だった。

クロードは片足がなく、両手も手首から先を失っている。松葉杖で歩くにも一苦労で、外に出るまでに随分と時間が掛かった。

リリアンが心配そうに隣を歩く。クロードは誰かに支えられるのを強く拒否し、息を荒らげながら必死に歩いた。

クロードが奴隷としてここに来て一年くらい、とアジャラタンさんは言っていた。

一年まともに歩いていないのだ。筋肉は今もモリモリに見えるけど、歩くだけでも応《こた》えるらしい。

「大丈夫か、クロード？」

「…………」

クロードから返事はもらえなかった。

「クロさん、だいじょうぶ？」

「……ああ」

リリアンが心配して声を掛けると、ぶっきらぼうにクロードが答えた。

俺も早く信頼関係を築きたい。そう思った瞬間だった。

奴隷商館の外に出ると、そこに馬車が止まっていた。

「クロード、リリアン。これに乗るよ」

ギルドにお金を下ろしに行った際、ジュエルさんにお願いして馬車を一台手配してもらったのだ。

二人はおとなしく馬車に乗り込んだ。

クロードはさすがに自力で乗るのが難しかったので、御者さんにお願いして、俺と一緒にクロードを持ち上げてもらった。ありがとう、御者さん。

馬車の中で、クロードとリリアンはずっと黙っていた。

リリアンは初めて乗ったのか、馬車が気になるようだった。クロードのしっぽをギュッと抱きしめながら、ちらちらとあたりを見回している。

……いいなぁ、俺もクロードのしっぽに抱きついてみたいなぁ。もふもふしたい。

クロードは強がりなのか、馬車の中でも寝転がらずに座っていた。

左足は太ももが半分くらいしかないので、片足でバランスを取らねばならず、かなり大変そうだ。

そして時々俺の方を睨んできた。だが視線が合うと、自分から目を逸らし、何やら思いつめた顔をしていた。


馬車で街から二十分くらいだろうか。御者さんから目的地に着いたと伝えられた。

ここはローウェルの南にある小さな林。街道沿いにあり、街へ入るための審査の時間に間に合わず、野営する人達がよく利用するらしい。

御者さんはこのまま次の街に向かうので、ここで俺達と別れた。もちろんお礼は言いましたとも。

さてこの林、なぜか魔物が寄りつかず小動物くらいしかいないため、野営に最適なんだとか。

しかし現在はまだ昼間、もうすぐ昼食の時間だ。街までそれほど離れていないから、この時間に人が立ち寄ることはほぼないらしい。

ある程度林の中を進み、俺は周囲に誰もいないことを『世界地図』で確認する。

リリアンは突然林に連れられて困惑している。

それ以上にクロードが緊張したような、それでいて焦ったような表情でキョロキョロしていた。

「クロード、どうかしたの？」

声を掛けると、クロードはびくついてから俺を睨んだ。

「き、貴様……こんな、外で、なんて……それに、この子も連れて……」

しかし口ごもってしまい、声が小さくなっていく。

「リリアンは必要だよ？　手伝ってもらうんだし」

「なっ!?　こ、こんな子供に何をさせるつもりだ！　この外道《げどう》が！　恥を知れ！」

急にクロードが取り乱してしまった。黒い毛で見えないけど、顔色が赤いような青いような……

よく分からない。本当にどうしたんだろうか？

「あの、ご主人、さま。お手伝い、ってわたし、何を……？」

逆上して騒ぐクロードに対し、リリアンは困り果てた顔で俺に尋ねた。

「え？　そりゃ、もちろん……あ！」

そうか、これから何をするのか説明してなかった。しかもクロードには「イロイロする」って言ってたから……。

つまり俺がここで、動けない大男を相手に、いたいけな少女に手伝わせて、イロイロとやっちゃうとクロードは想像しているわけだ。

うん、確かに外道だ。恥知らずだね。

「クロード！　勘違いも甚《はなは》だしいよ！　名誉棄損《めいよきそん》だよ！」

「め、メイヨキソン⁉　……勘違い？」

「ご主人、さま？」

クロードもリリアンも、意味が分からず顔を強張らせたままキョトンとしている。

「俺は、クロードが思っているような変態行為はしないからね！」

「し、しない……」

「そう、しません！　クロードの勘違いです！」

「だが、あの時、いろいろすると……」

「あれはクロードの態度があんまりだったから仕返ししただけだよ」

「……………」

二人は無言で俺を見つめている。

リリアンはクロードがひどい目に遭わないと知って、ほっとした様子だ。

クロードは……呆然？　呆れ？　のようなジト目だった。

「では何のために、こんな人気《ひとけ》のない場所まで連れてきたのだ？」

「何って、クロードを治療するためだよ？」

「え⁉」

二人とも、さっきから表情がコロコロと変わるなぁ。

「何を言っているんだ、貴様は！」

「だから治療だよ？」

「だからそんな馬鹿げた話を……」

「ご主人さま！」

「うわ！　何、リリアン？」

クロードの話を遮って、いきなりリリアンが大声で俺に詰め寄った。

「クロさん、治せるの⁉」

「え？　うん、治せるよ」

「手も足も元に戻るの⁉」

「リリアンよ、いくら何でもそれは無り……」

「うん、できるよ」

「なっ⁉」

今度はリリアンが期待に頬を上気させ、クロードは驚愕で目と口を大きく開いていた。

「リリアンが協力してくれたら、今すぐにクロードの手足を治せるよ」

「ホント！　わたし、手伝う！　ご主人さま、手伝う！」

「本当？　ありがとう、リリアン」

リリアンから協力の返事をすんなりもらえた。一年間ずっと一緒だったんだもんな。きっとクロードのことが大好きなんだね。

「ご主人さま、わたし、なにすれば、いい？」

「リリアンには、俺にＭＰを分けてほしいんだ」

「⁉　早まるな、リリアン！　きっと何かの罠だ！　そんな奴の言葉を信じるんじゃな……」

「クロさんは黙ってて！」

さっきまでの怯えはどこへ行ったのか、リリアンは真剣な表情で続けた。

「クロさん、ずっとわたしの、そばに、いてくれたの！　わたし、助けたいの！」

「リリアン……」

クロードはリリアンの強い口調に呆然としている。自分がそんなに好かれているとは思わなかったんだろう。きっと、自分に失望していたんだろうな。

待っててクロード。その失望から、俺達が解放してあげる。

「俺と契約して、リリアン」


【技能スキル『契約』を行使します】


「俺は今からクロードを治療するスキルを使う。でもＭＰが足りない。だから、クロードを治療するためのＭＰを俺に分けてほしい。君がＭＰを分けてくれるなら俺はクロードを治療する。リリアン、俺と契約してくれる？」

「します！」

リリアンは俺の問いに即答した。思わず笑みがこぼれた。

【契約は受理されました】


「『医学書』発動！　回復魔法『パーフェクトヒール』！」

さあ、勇者よ、よみがえれ！

『診察』したところ、クロードの身体は欠損以外にも全身がボロボロだと分かったので、『エクストラヒール』ではなく『パーフェクトヒール』を使った。

おかげで完全に五体満足に、身体の内も外も完璧に治療できた。リリアンのおかげだ。

「ありがとう、リリアン。君のおかげでクロードを完璧に治せたよ」

上手くいってよかった。俺はリリアンにニッコリ笑いかけた。

「ありがとう、ご主人さま！　よかった、クロさん！」

リリアンはそう言うと、クロードの再生した左足に縋りついてワンワン泣いた。

「リリアン……」

自分の再生した手足を呆然と見ていたクロードも、ようやく我に返ったようだ。今はリリアンに優しい目を向けている。

俺としてはすぐにでも『救済措置』を使いたいところだけど、二人の雰囲気を壊すのも悪い気がしたので、少し待つことにした。

でも割と早くクロード達は俺の存在を思い出してくれた。

「す、すまん。治してくれたのに、その、ご、ごしゅ、ご主人、さま、のことを忘れてしまっていた。申し訳ない、それと、身体を治してくれたこと、礼を言う。ありがとう」

「ごめん、なさい、ご主人さま。ありがとう、ございます」

クロードは胡坐《あぐら》をかいて座り、リリアンもその隣で正座をした。

リリアンが手伝ってくれたからなので、礼を言う必要はないんだけど、素直に嬉しい。

でも言いにくそうだね、『ご主人様』って。

俺が奴隷にさん付けできないように、二人も俺を『ご主人様』と呼ばなければならないらしい。

慣れてもらうしかないかな？

「いいよ、気にしなくて。気持ちは分かるから。身体は何ともない？」

「ああ、問題ない。さっきまでの身体の重さが嘘のようだ……本調子とはいかないが」

「仕方ないよ。本来のステータスと比べると全然弱いもんね、今のクロードは」

おや？　クロードがこれでもかっていうくらい目を丸くして驚いているぞ？

「ご、しゅじん、様、今なんと……」

「『不動の鎖』のせいでステータスが低下しているもんね、今。職業も『騎士』になっているし」

クロードは更に目を見開いて、信じられないというような顔で俺を見た。

リリアンは話に付いてこられず、ポカンとしている。

「な、なぜ!?　あの呪いは『鑑定』でも見れないのに！　あなたはわた……俺が誰だか知って！」

「勇者でしょ？」

うわっすごい！　クロードの目が更に大きく見開かれている。限界はどこなんだろう？

「ちなみに、リリアンは将来賢者になるよ？」

おお！　クロードの目が飛び出るほど大きくなって、リリアンを凝視してる！

リリアンの方は、そんなクロードにちょっとびっくりしていた。

「なぜそんなことが分かるんだ!?　私！　じゃなくて、俺の呪いも、この子の将来の職業も『鑑定』や『能力把握』では分からないはずだ！　……誰も分かってくれなかったのに、どうして!?」

クロードの言葉は疑問というより、心の叫びに近いものだった。

今までも誰かに助けを求めてきたのかもしれない。そして誰にも助けてもらえなかった。だからこその叫び。

『不動の鎖』はあらゆる行動を制限する。きっと助けを求める行動さえも奪われていたんだ。

だから神様は俺に言った。彼らを救ってほしかったんだ。

もしかしたら俺に『チュートリアル』を付けたのも、そのためだったのかもしれない。

人の運命に何勝手なことしてくれとんじゃ！　って気持ちは若干あるけど、神様には助けてもらっていることの方が多いしね。

それに、俺も彼らを助けてあげたいと思った。

絶望の淵《ふち》にあっても目の前の子供が虐《しいた》げられることを嫌い、奴隷の身でありながら主を怒鳴った勇敢な勇者。

隣にいてくれた、ただそのことが嬉しくて、狼を助けてあげたいと思った心優しい賢者。

彼らに不幸は似合わない。笑っている顔が見たい。

大丈夫だよ、神様。あなたがくれた力で二人とも助ける。……俺は、助けたい。


（……ありがとね）


「うん、任せて」

つい神様への言葉が口から出てしまった。

俺の気持ちが伝われば、とクロードに微笑みかける。彼は一瞬ビクリと震えた。

今すぐその不安から解放してあげよう……俺と、神様で。

「大丈夫だよ、クロード。俺が見つけたから。いや、神様が君達を見つけた。俺に『識者の眼』をくれた神様が、君達を探して、見つけたんだ」

俺の言葉を聞いて、二人ともぽかんとしていたが、クロードが呟いた。

「識者の眼……神が与えし稀有《けう》なる瞳。真実を見る神の眼……」

クロードはこの眼のこと知っているみたいだ。信じてくれたかな？

「まずはクロードの呪いを解こう。『救済措置』発動！」

【技能スキル『救済措置レベル一』を行使します】

俺が右手をかざしてスキルを唱えると、放たれた淡い光がクロードを包み込み、見えないはずの呪いの鎖が姿を現し始めた。

「こ、これは⁉」

突然の出来事にクロードは戸惑い、隣にいたリリアンは後ずさった。

なんとクロードの全身は、八本の鎖でギリギリと締め上げられていた。

四肢に一本ずつ、首と腹には二本ずつ、地面から生えた鎖がクロードを拘束する。

鎖が姿を現したせいか、クロードは地面に手をつき動くことができなくなった。

「これが、不動の鎖……」

クロードも鎖を視認したことはなかったらしく、怨念《おんねん》のこもった目で鎖を睨みつける。

あまりの禍々《まがまが》しさに、俺も顔をしかめずにはいられなかった。

【対象者を査定した結果、不当な呪い『不動の鎖（八鎖）』が確認されました】

【対象者に救済措置を取りますか？】

当然でしょ。やっちゃって！

「クロード、今からその鎖を断ち切るからね」

【救済措置『断鎖《だんさ》の神鋏《しんきょう》』を召喚します】

俺達の前に現れたのは大きな黄金のハサミだった。

人ひとりを挟めるほど大きなハサミはひとりでに動き、クロードに向かって口を開いていく。

完全に開くとクロードの目の前で止まり……動かなくなった。

「えーと、これどうなるの？　まだ動かないの？　ハサミで切ったらクロードは？」

「……クロさん、まっぷたつ？」

リリアンは青ざめてしまっている。

「ふっ……死ぬことでしか解放されないという意味か。これが神の答えだと言うのだな、貴様は！」

「ええええええええ!?」

違うよね、神様！　ハサミでクロードまっぷたつとかギャグだよね!?

さっきまでシリアス&感動展開だったんじゃなかったの!?

俺が格好よくスキルでクロード助けて、「ありがとう、ご主人さま！　一生ついていきます！」

とか言われる展開じゃなかったの!?

ちょっと！　俺の感動を返して、神様！


（うっさいな！　チャージに時間くっただけじゃん！　もう！）

——ばっぢいいいいいいいん！

「ぎゃあああああ！」

クロードの叫び声が林中に響き渡った。

「きゃあああ！　クロさん⁉」

「うわあああああ！　クロード⁉」

クロードの目の前にあったハサミは前触れもなく、いきなりクロードを挟み込んだ。それも物凄い勢いで。

逃げる間もなく、避ける間もなく、躊躇《ちゅうちょ》なく音を立てて閉じたのだ。

ぎゃあああああああああ！　クロードが死んじゃった！

何やってるの、神様⁉

と思ってクロードに駆け寄ったんだけど、クロードの身体からは血も見られず、切られた跡も見当たらなかった。ハサミは閉じた状態で、クロードを突き抜けているように見えるんだけど……？

「ク、クロード？」

「……は！　生きている⁉」

良かった、クロードは死んでなかった。

クロードは自分が無傷であることを確認して、安堵の息をついた。

すると、ジャランという音が聞こえた。

「これは、不動の鎖？」

首に巻かれていた鎖の一本が切れて地面に落ちていた。

それを確認した瞬間、切れた鎖も、未だクロードに巻き付いたままの鎖も、黄金のハサミも全てが泡のように消えてしまった。

「えーと、一本だけ？」

（うーん、今の君のレベルだとこれが限界かな？）

「ええええ⁉　このスキルで鎖を全部切れないの⁉」

俺がいきなり大声を出したものだから、二人はこちらを振り向いた。

だがしかし、俺は神様への抗議で忙しい。

「ちょっと、神様！　何のためにこのスキルくれたの！　意味ないじゃない！」

（意味なくないよ？　ちゃんと鎖は切れたでしょ？）

「一本だけじゃん！」

（仕方ないよ、レベルーだもん。レベルが上がればもう一本切れるよ～）

「じゃあ『救済措置』のレベルが上がれば呪いを全部解けるんだね⁉」

（そうそう、頑張ってね！）

くぅ！　このスキルで呪いが解けると思ってたのに。仕方ない、説明して完全解呪は少し待ってもらおう。

「ごめんね、クロード。神様が言うには、俺のスキルレベルが上がらないと全部は解けないんだって。しばらく待ってくれるかな？」

……あれ？　クロードとリリアンが、目を点にしている。

これはあれだ。「信じられないものを見た」っていう顔だ。時々俺をそういう風に見る人がいるから分かるぞ。でもなんで？

「……本当に神と話ができるのか？」

「うん、時々話し掛けてくるよ？　クロード達の時も『ほーら、いた』とか言って呼び止めてきたし。あの神様、軽いんだよね。今もレベル上げ頑張ってねって言って軽く流されたし」

「では、俺の呪いは解けたのか……？」

「ごめんね、一本分だけは解けたみたいだけど残りはもう少し待ってね。スキルレベルが上がり次第解いていくから」

全部解くつもりで話してたから恥ずかしいし、申し訳ない。俺は片手で頭を掻きながら謝った。

二人は放心したように、ボーッと俺の謝罪を聞いていたが……。

「俺の、呪い……あ、あああああ！」

「どうしたのクロード!?」

「クロさん!?」

急にクロードが苦しみ出し、全身から湯気（？）を出して蹲《うずくま》ってしまった。あまりの熱気に、俺もリリアンも近づくことができない。

この状態はしばらく続いたけど、次第に熱は引いていった。

クロードは肩で息をしながら蹲っていたが、他に異常はなさそうだった。

「大丈夫、クロード!?」

俺が近寄るとクロードはゆっくり立ち上がって俺を見下ろした。

対して俺は、首を目いっぱい後ろに倒して見上げた。そして気が付いた。

さっきまでのクロードじゃない。存在感が増している。威圧感が増している。頼もしさが増している。クロードが、強くなってる？

「私のステータスが、少し戻った」

クロードは未だ肩を上下させながらそう言った。


【技能スキル『鑑定レベル3』を行使します】

【　名　前　】クロード・アバラス
【　性　別　】男

【年　齢】26
【種　族】獣人種（黒狼族）
【状　態】隷属・呪縛（不動の七鎖）
【職　業】騎士（レベル25）↑勇者（レベル95）
【レベル】25（95）
【Ｈ　Ｐ】617／617（4257）
【Ｍ　Ｐ】198／198（3066）
【Ｓ　Ｐ】559／559（4115）
【物理攻撃力】355（2211）
【物理防御力】277（1979）
【魔法攻撃力】180（1752）
【魔法防御力】114（1546）
【俊敏性】370（2142）
【知　力】150（718）
【精神力】262（2082）
【　運　】50（50）
【固有スキル】『地帝の聖剣（レベル10）使用不可』『精霊の豪剣　使用不可』
【技能スキル】『剣技レベル2（10）』『槍技レベル2（10）』『盾技レベル2（10）』

『槌技レベル２（９）』『斧技レベル２（９）』『体術レベル２（10）』
『瞬脚レベル２（10）』『流脚レベル２（10）』『豪腕レベル２（10）』
『体幹制御レベル２（10）』『威圧レベル２（８）』
『統率レベル２（９）』『気配察知レベル２（10）』
『危機察知レベル２（10）』『威嚇レベル２（９）』
【魔法スキル】『大地魔法レベル10　使用不可』『水魔法レベル９　使用不可』
『光魔法レベル10　使用不可』『嵐魔法レベル６　使用不可』
【　称　号　】『救われし者』『〇〇の剣』
【以下非表示】『救世主』『獣国の英雄』『守護者』『地帝の愛し子』

「おお！　ステータスが物凄く上昇してる！」

「ご主人様の『識者の眼』はステータスも見えるのですか？」

「違うよ、俺は鑑定士だからね。『鑑定』で見たんだよ」

「よろしければどのような数値か教えていただけないでしょうか？　感覚的にステータスが戻ったことは分かるのですが、正確な数値を知りたいのです」

「いいよ！　すごく上がってるよ！」

俺はリュックからノートを取り出してクロードのステータスを書いていく。新しい称号があったからそれも書いた。

『敗戦者』と『負け犬』の称号が無くなっていたのは良かった。あれはクロードには似合わない。

それにしても『救われし者』はともかく、『〇〇の剣』って何だろうか？

クロードがその内容を確認している。心なしか瞳は潤み、ノートを持つ手は震えている。

リリアンはクロードの隣でニコニコしていた。

「どうだった、クロード？　ステータス随分良くなっていたでしょ？」

「はい、ご主人様。これもご主人様のおかげです、ありがとうございます。しかしこのステータスは、私を『騎士』と想定したうえでのステータスのようですね」

「どういうこと？」

「私が『勇者』としてレベル25であったときは、今の倍ほどのステータスでした。おそらく現在の私は『勇者』であった事実をなかったことにされ、レベル1から『騎士』としてレベル25になったという扱いなのでしょう」

「倍って……。勇者ってすごいんだね」

「ところでご主人様、『救われし者』という称号は分かるのですが、『〇〇の剣』とは何でしょうか？」

「クロードも分からない？　俺にも分からないんだ。何だろう、〇〇って」

結局俺達二人とも見当がつかず、称号の話はここまでとなった。

実はそれよりも気になっていることがあったのだ。

「クロード、さっきからずっと敬語だね？」

そう、なぜかステータスが戻ってから、それはそれは恭《うやうや》しく敬語で話しているのだ。

「貴様！」とか「外道！」とか呼んでいたとは思えないくらい、丁寧で穏やかだ。

ハッとしたクロードが急に跪いた。リリアンも慌てて同じ姿勢になる。

「ど、どうしたの、クロード？」

「はい、ご主人様。先程までの数々のご無礼をお詫び申し上げます。そしてこの身を、この心を救っていただいた御恩に改めて深く感謝を申し上げます。誠にありがとうございます、ご主人様」

「クロさん、助けてくれて、あ、ありがと、ございます！　ご主人さま」

二人は俺に頭を下げてお礼を言った。

「あの、そんな仰々《ぎょうぎょう》しくしなくても、いいよ？」

それでも二人は頭を下げ続け、クロードが話を続けた。

「私は呪いを受け、力も名誉も、心まで失っておりました。あまつさえ私を救おうとしてくださるご主人様に、心無い罵声を浴びせる始末。言い訳のしようもございません」

「ご、ございません！」

誰だって絶望の中にあったら、他人に感情をぶちまけてしまうだろう。ましてあんな呪いを掛けられてしまったら自暴自棄《じぼうじき》になっても仕方がない。

クロードは俺に自分の態度を謝ってくれた。ついでにリリアンも、クロードの真似をして謝っていた……可愛い。

俺は思わず笑みがこぼす。二人の誠意が嬉しかった。

「うん、謝ってくれてありがとう。二人の気持ちがすごく嬉しい」

……あれ？　二人とも目を見開いて俺を凝視している。

クロード達もそうだけど、時々人は俺を凝視して固まる時がある。どうしたのか聞いても、「何でもない」と言って誤魔化されるのだ。

「どうしたの、二人とも？」

「……はっ！　い、いえ、何でもございません、ご主人様」

「そ、そうなの、ご主人さま！」

クロードはそっと俺から目を逸らし、リリアンは顔を赤くして否定する。よく見る光景だ。

本当に何なんだろうか？　いつかこの謎を解き明かしてやるぞ！

……でも、今はそのことは置いといて。

「二人の謝罪は受け入れるよ。だから無理にそんなに敬語でなくてもいいよ？　奴隷としてある程度は必要かもしれないけど、人前だけでもいいんだし」

「ご主人様、その、お恥ずかしながら、今の話し方の方が地でして、ご不快でなければ今の話し方にさせていただきたいのですが」

「そっちが地なの？　じゃあ、商館での口調は？」

クロードはさらに身体を縮め、しっぽも丸めてしまった。まるで悪戯を反省する犬のようにしょんぼりしている。あと、すっごく小さく「クーン、クーン」って言ってる。

……どうしよう、キュン！　てなった。犬飼いたい！

「ご主人さま、クロさん、さいしょ、けいごで、はなしてたの」

「そうなの？」

クロードの代わりにリリアンが説明してくれた。どうもクロードは自暴自棄になりながらも、はじめは敬語で話していたらしい。

だが、奴隷商館でリリアンにちょっかいを出す馬鹿な奴隷や客がいたらしく、彼らを威嚇するため罵声と暴言の吐き方を覚えていったそうだ。

あの言葉遣いは、戦えなくなった彼なりの武器だったというわけだ。

「……お恥ずかしい話です。申し訳ございません」

「ちがうの、ご主人さま！　クロさん、わるくないの！　わたしが、ダメだったから！」

結局、クロードは絶望していても、職業を変えられても勇者だった。

呪いなんて関係ない。絶対に全部解いてやる。

「リリアン、クロードに悪いところなんて何もないよ。もちろんリリアンだって全然ダメじゃない。大丈夫だよ」

リリアンはホッと安堵の息を吐いた。

「クロードもリリアンも自分の話しやすい話し方でいいよ。俺は気にしないから」

「ありがとうございます、ご主人様」

「ありがと、ございます、ご主人さま」

ふう、これでこの林の中でできることは終わったかな？

俺が一息つくとクロードは打って変わって真剣な面持ちで俺を見上げた。

「ご主人様、どうか私に『忠誠の儀』をさせてください」

……何、それ？

「忠誠の儀？」

「ご主人様へ我が心を捧げ、おそばに侍《はべ》り、常にお守りすることを誓う儀式でございます。どうか私に、ご主人様への忠誠を誓う機会をお与えください」

「それって必要なの？」

「騎士とは主を定めてその方をお守りすることで、最大限の力を発揮することができます。勇者の時は神に仕《つか》え、世界を守ることに全力を注いで参りました。勇者とは騎士の最上位職なのです。ですが、私の今の主はご主人様です。私の力の全てをご主人様のために使いたいのです」

何だか急に話が重くなった気がするけど、ようするに全力で頑張るためのデモンストレーションのようなものか。クロードが気持ちよく仕事ができるならそれも悪くないかな。

「分かったよ、クロード。忠誠の儀をしよう」

「ありがとうございます、ご主人様」


『サポちゃんより報告。忠誠の儀には『契約』の行使を推奨します。サポちゃんより以上』

サポちゃん？　忠誠の儀には『契約』が必要なの？

『サポちゃんより報告。回答は是。勇者は歓喜します。サポちゃんより以上』

そうなの？　クロードが喜ぶなら使ってもいいかな？

「それではご主人様、お持ちのロングソードを私の肩へお載せください。私が誓いの言葉を言い終わりましたら、『許す』とお願いいたします」

そう言うとクロードは厳かな雰囲気を醸し出して跪いた。

それを見た俺はサポちゃんの助言に従って『契約』を使用した。

「『契約』発動」

「!?　ご主人様、『契約』を使っていただけるのですか!?」

サポちゃんが言うように、クロードは物凄く嬉しそうな表情で顔を上げた。まるで誕生日にサプライズパーティーでもしてもらったような表情だ。

『契約』には約束を守らせる力がある。この忠誠の儀で『契約』を使うと、クロードだけでなく、俺自身もクロードとの約束を絶対に守るという意思を示したことになるそうだ。

忠誠を誓う者の覚悟の重さを理解し、主である俺がクロードを信頼した証になるらしい。

「じゃあ始めようか」

「はっ」

俺は跪くクロードの正面に立ち、ロングソードをクロードの右肩にそっと載せた。

【技能スキル『契約レベル2』を行使します】

そしてクロードは誓いの言葉を口にし始めた。

「我、クロード・アバラスは、ヒビキ・マナベ様を主と定め、我が身、我が心の全てを主に捧げ、全身全霊を持って生涯お守り申し上げることをここに誓います。たとえ我が身が滅びようとも、我が忠誠は永遠に、我が信愛は永久に、我が魂は常《とこ》しえに主にお仕え申し上げます。我が誓いをお認めくださるならば、どうぞ『許す』とお答えください」

クロードの真剣な声が耳に届く。その声だけで、一切の嘘がないことが伝わった。

俺に彼を疑う余地は全くなかった。

「……許す」

【契約が受理されました】

契約は上手くいった。これで忠誠の儀も終了……と思った瞬間、俺とクロードの周りに光の粒子が集まった。光は周囲をクルクルと回り、やがて消えてしまった。

「ク、クロード!? 忠誠の儀ってこんなことが起きるの!?」

「いえ、私も初めてです。これは、精霊？」

【『契約』はレベルアップに伴い『精霊契約』が可能となりました】

【『契約レベル2』により三者契約が成立しました】

【契約対象はヒビキ・マナベ、クロード・アバラス、光の精霊です】

【『忠誠の儀』は光の精霊のもと正式に受理されました】

【奴隷契約『主従契約』が破棄されました】

【新たなる契約『真正主従契約《ロイヤリティー》』が成立しました】


「うわっ！　なんか説明がどっと来た！」

「どうされました、ご主人様！」

「『契約』がいろいろあったみたいで、光の精霊が受理したとか、真正主従契約がどうとか……」

「な!?」

クロードは俺の言葉に驚きを露《あら》わにした。

「クロさん！　くびわが……」

リリアンの声につられてクロードを見ると、首輪の魔石が砕け、地面に落ちていく。

「ぐっ！」

「クロさん、ご主人さま!?」

首輪を見ていた俺は、不意に右手に痛みを感じ声を上げた。クロードも同様だ。

痛みは一瞬で、俺達の右手の甲には見たことのない紋様《もんよう》が浮かんでいた。

太陽を模《も》したような赤い印。クロードに尋ねようと振り返ると、彼は涙を流して震えていた。

「光の精霊の、霊紋……我が忠誠心を神が認めてくださった」

クロードは歓喜の涙を流していた。どうやらこの紋様は、クロードの忠誠心の証らしい。

神様が認めるほど俺を慕ってくれていたとは。照れくさいけど、なんだか嬉しかった。

そういえば、クロードの奴隷契約が破棄されたってさっき言ってたな。

クロードの【状態】は『忠誠（真正主従契約）・呪縛（不動の七鎖）』となっていた。

本当に『隷属』が消えていた。よかったね、クロード！

「やったの！　クロさん、奴隷じゃ、なくなった、の！」

リリアンはクロードの首輪が外れ、我がことのように喜んでいた。しかしクロードは何かに気づいたようで、若干顔色が悪くなってしまった。

「よかったの、クロさん！」

「あ、ああ。ありがとう、リリアン」

喜び抱きつくリリアンに対して、クロードはリリアンの頭を撫でつつも、申し訳なさそうに俺のことをチラチラと見ていた。えーと、もしかして……。

「クロード？」

「は、はい！　ご主人さま」

「首輪、外れちゃったね」

「はい、も、申し訳ございません！」

「どうして謝るのさ？」

「は？」

クロードはポカンとしている。

「クロさん、よかったの！　とっても、うれしいの！」

リリアンは喜びの言葉を告げる。嬉しくてたまらないのだ。

「リリアン、だが……」

「これで、クロさんは、じぶんで、ご主人さまに、おつかえできるの！　よかった！」

クロードは驚いた顔になったと思うと、バッと俺の方を振り向いた。

奴隷じゃないと、俺のそばにいられないと思ったのかな？

「ずっと俺のそばにいて守ってくれるんだよね？」

俺が問いかけると、クロードはまたぽろぽろと涙を流して答えてくれた。

「はい……はい！　ずっとおそばにおります！　生涯《しょうがい》お守りすると誓ったのですから！」

「うん、これからよろしく。俺の騎士、クロード」

「はい、ご主人様」

そう返されて、俺はちょっと顔をしかめた。

「うーん、クロードはもう奴隷じゃないんだからさ……」

するとクロードは顔を上げ、微笑みながら言い直した。

「はい。我が主、ヒビキ様」

この日俺は、購入したばかりの奴隷を失った。

そして忠誠心厚い、信頼できる騎士を手に入れた。


さて、クロードの『忠誠の儀』が思いもよらない幸運を招いてくれた。

クロードは奴隷から解放されて、心から俺に尽くしてくれる『俺だけの騎士』になった。

奴隷として嫌々働いてもらうんじゃなく、俺を想って働いてくれる方が嬉しいに決まっている。

この調子でリリアンも奴隷から解放してあげたいんだけど、簡単ではないようだ。

一度奴隷になると、一生奴隷として生きるのがこの世界では当たり前らしい。

奴隷の身分は、隷属魔法を掛けることで成立する。

隷属魔法は神様のとの契約によって成立する魔法らしく、主人だからといって、奴隷を解放してやることはできないらしい。

クロードによると、奴隷の身分から解放される方法は二つしかない。

スキルによって隷属魔法が解除されるか、もしくは神の『恩赦《おんしゃ》』によって解放されるかだ。

クロードの場合は前者になる。『契約』がいい方向に作用して、奴隷から解放されたのだ。

運がよかった。というかサポちゃんのおかげだね！

これは俺が使った『救済措置』の例に似ている。

『救済措置』なら、不当な理由で奴隷にされた不法奴隷は救ってやれるが、リリアンは借金による負債奴隷だから『不当』ではない。

『王』なら『恩赦』というスキルで隷属魔法を無効化できるらしいけど、王に会うなんて無理だからやっぱり使えない。

後者についてだが、奴隷が目覚ましい働きをすると、神が隷属魔法を解除してくれる場合があるらしい。しかしその例はほとんど無く、二百年も前にあったのが最後らしい。

神様に聞いてみたけど、なぜかこれには答えてくれなかった。

正直、現状では打つ手がない。

「わたし、奴隷で、も、困らない、よ？」

リリアンは健気《けなげ》にもそんなことを言ってくれた。

俺は涙が出そうになった。いつか絶対に解放してやるからな！

とりあえずリリアンの件は保留になったので、クロードが帰り支度を始めようとしたのだが、俺はそれに待ったを掛けた。

「ちょっと待って、クロード。まだ本題が残っているんだ」

「本題、でございますか？」

クロードは俺の前に跪いてキョトンとして聞いた。同じくリリアンもよく分からないという顔をしていた。

「そうだよ。クロードはどうして俺が二人を林に連れてきたと思う？」

クロードは主である俺の質問に、真剣な顔で即答した。

「この誰もいない林で、とても人には言えないいかがわしい行為を行うものと考えておりました！」

何言ってるの、クロード!?

真面目に答えたつもりだろうけど、何ハッキリと言わなくてもいい内容を口にしてるの!?

ほら、リリアンが意味が分からなくてキョトンとしているよ！

俺の顔は思わず硬直し、そして引きつった笑顔になった。実直に答えすぎなうえに、考えていた内容がゲスいよ！

クロードは答えを間違えたことに気が付いたのか、顔を青くして（実際には黒いけど）俺のことを見ていた。目を逸らさなかったところだけは評価するけど、お仕置きをしよう。

ワンコの調教は飼い始めが重要なのだ！

「そう……クロード、折角だから俺がどんな凌辱《りょうじょく》行為をクロードにするつもりだったのか、教えてくれないかな。耳打ちでいいから教えてよ」

「え!?　そ、それは……」

クロードの顔は更に青くなった。怯えた目をしているが、ここで容赦はしてあげないぞ。

「さあ、クロード。主である俺に、俺がクロードにどんなひどいことをすると思っていたのか、包み隠さず教えるんだ。……命令だよ、クロード」

「ヒビキ様、どうか、どうかご慈悲を」

クロードは涙目になってプルプル震え許しを求めたけど、残念ながら俺の怒りは収まらない。

俺はクロードの口に耳を寄せる。

「……教えて、クロード」

ついに観念したのか、クロードはぼそぼそと語り始めた。もちろんリリアンに聞こえないよう細心の注意を払って、俺の耳だけに届くようしゃべらせた。

狼の顔をしたクロードの吐息は人よりも荒々しく、耳がくすぐったかった。

結局、クロードは五分も時間を掛けて懇切丁寧《こんせつていねい》に教えてくれました。

感想を言いましょう。………聞くんじゃなかった！

ごめんね、リリアン。俺、ワンコの調教に失敗しました。

仕方がない。この場は俺が解決しなければ。……自分で蒔《ま》いた種だし。

「クロード」

俺が呼ぶとクロードはビクッと身体を大きく震わせ、恐る恐る顔を上げた。

クロード、お互いのためにしっかり合わせてくれよ。

「クロードはどうして俺が二人を林に連れてきたと思う？」

「え、ヒビキ様、それは……」

俺はこれでもかというくらい優しい笑みを浮かべて、さっきと同じ質問をした。

クロードは同じ質問をされて青い顔をしているが、俺がリリアンを何度かチラ見する様子を見て、察してくれたのか俺の望む答えを返した。

「は、はい！　私の治療と呪いの除去だと考えます！　ヒビキ様のお力を周りの者達から隠すために、人目につかないこの林へ来たのではないでしょうか!?」

「そう、その通り！　分かってるじゃないか、クロード。さすが俺の騎士！」

「はい！　ヒビキ様！」

「さすがクロードだ。ね、リリアン！」

「え？　え、えーと……はい！　クロさん、すごい、です！」

俺の問い掛けにリリアンはぎこちなくもハッキリと答えた。

さっきの件は無かったことにしました……。オレハナニモキイテイナイ。

「クロードの治療と解呪も目的の一つだけど、他にも目的があったんだ」

「『他にも？』」

クロードとリリアンは綺麗にハモって首を傾げた。キョトンとした顔で、首をコトンと傾ける狼さんと可愛い少女……和《なご》みます。

俺はクロードとリリアンに『医学書』の説明をした。

俺の持つMPとSPでは大した治療ができないから、魔法による治療にはリリアンのMPが、ポーションの調合や施術による治療にはクロードのSPが必要なことを告げると、二人は快くタンク役を引き受けてくれた。

「お任せください、ヒビキ様。その役目、私がしっかり務めさせていただきます！」

「わ、わたしも！　お任せ、ください！」

クロードがドンッと胸を叩いて誇らしげに答えると、リリアンも真似して胸をトンと叩いた。

「ありがとう、二人とも。それじゃあ『契約』で供給契約を結ぼう」

まずはクロードから契約することにしたんだが、クロードの提案で、ＭＰの供給契約も同時に結ぶことになった。今は使える魔法もないから、ＭＰが宝の持ち腐れになっているそうだ。

特に問題なく契約は完了した。

これで必要な時にポーションを調合することができる。とはいえ、クロードは戦うためにもＳＰを使うだろうから、あんまり無駄遣いしないようにしないと。

次はリリアンと契約した。リリアンも少ないながらＳＰの使い道がないので、一緒に供給契約を結ぶことになって、問題なく契約できた。

リリアンは固有スキル『神域の暴流』のせいで、上手く魔法を使うことができない。今のところＭＰは回復のために使用する感じになるだろう。

でも魔法を使えるようにならないと賢者としてやっていけないから、どうにかしないとな。

【技能スキル『魔導書』がレベルアップ条件を達成しました】

【達成条件①魔導書に魔法を登録する……クリア】

【達成条件②魔導士系統職者を仲間にする……クリア】

【達成条件③魔導士系統職者に尊敬される……クリア】

【達成条件④魔導士系統職者がＭＰ３００以上を保有……クリア】

【なお、達成条件②・③はスキル所持者が魔導士系統職者であれば不要】

【技能スキル『魔導書』のレベルが上がりました。レベル０↓レベル１】

えーと、何だかよく分からないけど、『魔導書』が解禁された！
そういえばいろいろあって『魔導書』を検索するの忘れてたな。
どんなスキルなんだろう？

【技能スキル『辞書レベル2』を行使します。
技能スキル『魔導書』希少ランクＡＡ
この世界のあらゆる魔法、魔法体系に関する知識・技術を修学することができるスキル。レベルが上がるほど、閲覧できる知識量は広く、深くなっていく。
スキル所持者が認識した魔法は自動的に魔導書に登録され、指定された量のＳＰを消費することで修学過程をスキップして魔法を習得することも可能となる。このスキルは原則、魔導士系統職の者でなければ使用しても効果がない。スキル所持者の仲間に魔導士系統職がいれば、その者にもスキル効果を共有させることができる。

『俺、主人公最強のご都合主義のラノベって読みはするけど好きじゃないんだよね。だって、あれってリアリティーが無くて共感できないっつーか、冒頭から主人公が人殺しに抵抗ないのとかあるけど、現代日本人がそんなこと簡単にできるわけないのにいくら物語だからって都合よくしすぎだと思うわけよ！　ただあの主人公ハーレム物はご都合主義でも仕方ないと思うんだよね。可愛い子と仲良くなりたい男の心理は誰もが共感できる唯一無二の……』

長々と小説の感想を言っていた、親友の言葉が頭に浮かんできた。

『ご都合主義』……神様、都合よすぎませんか？

「ヒビキ様、どうかなさいましたか？」

「え？　ああ、ごめん。大丈夫だよ」

少しの間ボーっとしていたらしくクロードとリリアンが心配してくれた。

「ご主人さま、大丈夫？」

「うん、リリアン。大丈夫だよ。新しいスキルが使えるようになったから内容を確認してたんだ」

「新しいスキル？　いつの間に『鑑定』を使ったのですか？」

「え？　スキルが使えるようになって声が聞こえたからだよ？」

「声？」

「うん、声」

「…………」

なぜかクロードが黙りこくってしまった。

「クロード、どうかしたの？」

「……ヒビキ様、まさか『チュートリアル』なるスキルをお持ちなんてことは……」

「え、なんで知ってるの？」

「!?　では『異世界の漂流者』の称号を……」

「持ってるよ？　どうして分かったの⁉」

クロードは今日何度目かの驚愕の表情で、俺を見つめた。

それにしてもどうして俺のスキルと称号が分かったんだろう？

いや『チュートリアル』のことを知ってたんだから、称号も知っていても不思議じゃないか。

そういえば、この世界では異世界人ってどんな扱いなんだろう。

どうしよう、異世界人が忌避《きひ》の対象とかだったら。

クロードは俺の騎士を辞めちゃうのかな……どうしよう、心配になってきた。

「ク、クロード……？」

未だに驚いた顔をしていたクロードに恐る恐る声を掛けた。

「俺が異世界人だと、騎士、辞めちゃう？」

「⁉　な、何を仰るのですか、ヒビキ様！　辞めません！　絶対に辞めません！」

「そうなんだ、良かった。固まっちゃったから、俺が異世界人だとダメなのかと思った」

「⁉　申し訳ございません！　ただ驚いただけなのです。ヒビキ様、あなたが異世界からの転移者であっても私の忠誠心は決して変わりません！」

クロードはバッと跪いて俺にそう言ってくれた。

俺はよかったと、安堵の息をついた。

隣でリリアンが、今日で何度目かの「よく分からない」という顔をしていた。

俺はクロードとリリアンに、これまでの経緯を説明した。クロードは俺が『メイズイーターの草原』にいたことを知って本当に驚き、無事だったことを喜んでくれた。

残念ながらリリアンには少し難しかったようだ。そもそも異世界という概念が分からず、頭上にはクエスチョンマークが浮かび続けていた。

「ごめん、なさい、ご主人さま。わたし、よく、わからない」

「いいんだよ、リリアン。気にしないで」

「リリアン、これだけ理解しておきなさい。ヒビキ様は物凄く遠いところからいらっしゃり、私達をお救いくださった。今はこれだけ分かればいい」

「うん、クロさん、それなら、わたしも分かる！」

「ああ、ヒビキ様への感謝の気持ちを忘れずにな」

「うん！」

なんか、種族は違うけど親子のようで微笑ましいなぁ。

「それで、クロードはどうして俺が異世界人だって分かったの？」

これはしっかり聞いておかないと。

俺としてはあまり異世界人だということは知られたくない。クロードは特に気にしていなかったけど、どこの世界にも異端者は差別の対象になりえるんだから。

「ヒビキ様が『声』を聞いたと仰ったからです」

「え？　それがどうして……」

「ヒビキ様はこちらに来てからずっと『声』を聞いていたので、お分かりにならなかったのですね。私達の世界では、レベルアップやスキルを習得しても『声』が聞こえるということはありません」

「そうなの!?　てっきりこの世界ではそれが当たり前なのかと。でも他の人達はどうやってレベルアップしたかやスキルを習得したかを知るの？」

「信頼できる鑑定士に確認してもらったり、大きな街に設置されている、公共の鑑定石で自身のステータスを確認するのです。ローウェルほどの街であれば、冒険者ギルドにも詳細なステータスを確認できる鑑定石があるかもしれません。どの国も王都にはそれくらいの鑑定石があるでしょう」

「そうだったんだ。じゃあ、この『声』って、何？」

「神のスキル『チュートリアル』の力です」

「神のスキル？」

「『チュートリアル』とは、神が選定したただ一人の者に与えられる奇跡のスキルです。神がその大いなる力でもって運命を守り、霊験あらたかな声を送り未来へ導くと聞き及んでおります」

そんな大それたスキルだったの!?

（あははは、大げさー！　ちょっと誇張されちゃってるね）

「よかった、そこまで大それたものじゃないんだね」

（まあ、『チュートリアル』に力の三分の一くらい使っちゃって、グロッキーだけど～）

「十分大それた力だった！」

「ヒ、ヒビキ様⁉」

おっといけない。急に話しかけてきた神様の方に意識が向いちゃった。

「ごめんごめん。急に神様が語り掛けてきたもんだから」

「やはりヒビキ様は偉大なお方だったのですね。神がそれほどまで目をお掛けになるのですから」

うーん。どっちかっていうと、目を掛けられているのはクロードとリリアンだと思う。

俺がもらったスキルは、どれもこれも二人を助けるために用意されたスキルっぽいし。

「じゃあ今後、人前で『声』に反応しないようにしないといけないね」

「その方がよろしいでしょう。神と直接繋がっているなどということが教会に知られれば厄介です。『チュートリアル』を持つということは、ヒビキ様に繋がっている神はおそらく偉大なる『主神様』です。絶対に主神教会が黙っていないでしょう」

「主神？」

『主神』『主神教会』。また知らない言葉が出てきた。

「この世界には神々は全部で十一人いるとされております。主神様は第一位の神にあたり、『チュートリアル』と『識者の眼』は主神様がお与えになる加護です」

クロードによると神様は十一人。

第一位「神々の頂点　主神」
第二位「魂の管理者　冥神」
第三位「命の守護者　医神」
第四位「魔導の原初　魔神」
第五位「大地の恩恵　地神」
第六位「蒼海の聖母　海神」
第七位「天空の黒翼　天神」
第八位「暁の戦乙女　戦神」
第九位「至上の美姫　美神」
第十位「善意の使徒　善神」
第十一位「悪意の権化　邪神」

この序列は神の名を告げる順番であって、主神以外の序列はあってないようなものらしい。

神様に固有の名前は無く、みんな「○神」と呼ばれているんだとか。

そして、世界中にそれぞれの神を祀《まつ》る教会があって、俺に話しかけてくる『主神』を崇めているのが『主神教会』だそうだ。

神様は主神様なの？

（そだよー。崇め奉ってね！）

「……神様は主神様で間違いないってさ」

「偉大なる主神様の加護をお受けになっているのは、おそらくヒビキ様だけです。そのようなお方に騎士としてお仕えでき、私は幸せ者です！」

「わたし、も、しあわせ、です！」

そう言われると何だか照れちゃうな。ただ、ちょっと気になることがあるんだけど……。

「クロード、主神様の加護はおそらく俺だけって言ったけど、リリアンにある『神域の暴流』ってスキルは主神様からの加護じゃないの？」

どうなの神様？

（…………）

返事がない。どうしたの、主神様？

「初めて聞くスキルです。どういったスキルなのですか？」

「ご主人さま、わたし、なにかあるの？」

俺は二人に、リリアンの持つ固有スキル『神域の暴流』について説明した。

『神域の暴流』はリリアンに暴走するほどのMPと魔法攻撃力を与える、神による試練のスキルだと『辞書』に記載されていた。実際、主神様もそう言っていたし。

スキルの内容を聞いてリリアンは青ざめてしまった。どうもこの力のせいで家族にも恐れられ、借金のかたにされる際、何人も兄弟姉妹がいる中で迷わず自分が選ばれたそうだ。

この件だけは主神様にしっかり文句を言ってやりたい。

俺の説明を聞いたクロードはしばらく考えて、意見を聞かせてくれた。

「『魔神様』の加護ではないかと思います。『神域の暴流』は魔導に関するスキルのようですし」

確かにリリアンは将来賢者になるわけだし、スキルの内容としても魔導に関するものだから、『魔神様』が与えた加護と考えて間違いないと思うんだけど。

でも……なんだか……主神様が怪しい。


（ぎくっ！）


初めてリリアンを『鑑定』した時、『神域の暴流』について、確か神様は『賢者に与えし試練だよー。仕方ないよー』と言っていた。この加護をよく知っているっぽい。

だから俺は、このスキルも主神様が与えたものだとばかり思っていたんだ。

けれど本当の管轄は魔神様だとすると……よし、試してみよう。

「リリアン、ちょっとこっちに来て」

クロードの隣にいたリリアンを呼んで、俺の正面に来てもらった。

「ご主人さま、なに？」

未だショックを受けたままのリリアンは、伏し目がちで俺の前にチョコンと座った。

可哀相に。変な試練さえなければ、もしかしたら家族と仲良く暮らしていたかもしれないのに。

「リリアンに試してみたいことがあるんだ」

『神域の暴流』は、まだ幼いリリアンとってあまりに理不尽で不当なものに感じた。

正式に魔神様がそのスキルを与えたのならダメかもしれないけど、あの軽くていい加減感いっぱいの主神様が関わっているのなら、あるいは……。


【技能スキル『救済措置レベル１』を行使します】

俺の前に立つリリアンに手をかざして『救済措置』を使用した。

【救済対象者を査定します。しばらくお待ちください】


『救済措置』がリリアンを査定し始めたけど、結構時間が掛かっている。クロードの時はもっと早かったんだけどな。

数分間、俺はリリアンに手をかざしたままだった。まだ結果が出ない。

「ヒビキ様、何をなさっておいでなのですか?」

俺の様子を訝《いぶか》しがって、クロードが尋ねてきた。

「今『救済措置』でリリアンの『神域の暴流』をどうにかできないか試してるんだけど、まだ救済可能かどうか結果が出ないんだ」

「ご主人さま、どうにか、できるの?」

「そうです、ヒビキ様。神が与えたスキルなのに『救済』というのはいささか問題があるように感じるのですが」

「だけど、このスキルはせめてリリアンが賢者になってからでもよかったと思わない? それくらいデタラメなスキルだと思うんだ。十歳の少女に背負わせるには荷が重いよ」

リリアンの境遇を知るクロードも納得するしかなかった。

《……いうこ……れ?》
…………
…………
…………
(ちが……れは……で……!)
…………
…………

…………

…………

…………

（いた……！　……るして……るかったか……！）

《だれが……すか！　はん……ろ！》

何だろう。『救済措置』の査定中に変な雑音が入るんだけど？　誰かと誰かの会話のようにも聞こえる。音飛びが酷すぎてよく聞こえないな。

一人は主神様の声のような気がするんだけど。

【救済対象者の査定が完了しました】

やっと終わった。まさか査定に三十分も掛かるとは思わなかったよ。

「ごめんね、リリアン。今、査定が終わったよ」

【査定の結果、対象者に不当なスキル『神域の暴流』を確認しました】

【このスキルは正式な担当者『魔神』が付与したものではありません】

【詳細調査の結果、対象者にスキルを付与したのは『主神』と判明しました】

「うわ、マジか……」

『救済措置』の査定結果を二人に教えた。二人とも呆気にとられた顔をしている。

あの神様、本当に何やってるの⁉

でも不当なスキルってことなら救済できるよね？　救済開始！


【救済措置として『神域の暴流』の除去が試行されましたが失敗しました】

【すでに魂に癒着《ゆちゃく》しており、除去するにはスキルレベルが不足しています】

マジか⁉　どうするのこれ、救済不可とか言わないでよ⁉

《ごめんなさいね。一度与えたスキルは神でも簡単には取り除けないのよ》

突然、頭の中に声が聞こえた。主神様じゃない、知らない声だ。

大人っぽくてとても色っぽい。スタイルのいい美人のお姉さんって感じだ。

ちなみにいつも聞こえる主神様は、二十代前半くらいのチャラいお兄さん声。


《私は『魔神』よ。その子には本当に申し訳ないことをしてしまったわ。『主神』に代わって謝罪

するわ。ごめんなさいね》

「どうされました、ヒビキ様。『救済措置』はできましたか？」

「なんか、『救済措置』が失敗して、魔神様が話し掛けてきたんだけど……」

ああ、また二人とも固まっちゃった。

神様がそうポンポン出て来るなんて、常識外れすぎるでしょうよ。

もちろん俺の世界でもありえないんだから、少しは自重してください！

《ごめんなさい。それで『救済』の件なんだけど、さっき言った通り除去は無理よ。もう完全に魂に馴染《なじ》んじゃってるの》

それじゃあどうにもならないんですか⁉　そんなのリリアンが可哀相すぎる。

《大丈夫よ、代替案を考えたわ。幸いあなたは私のスキル『魔導書』を持っている。このスキルを媒体にして私の力の一部を送りましょう》

えーと、具体的にどうなるんですか、それ？

《『魔導書』を通して、『神域の暴流』の管理権限を一部あなたに貸してあげる。彼女のMPと魔法攻撃力の数値を調整できるってことね》

こっちに都合が良すぎる気がするけどいいんですか？

《魔法は物事を円滑に都合よく進めるための力よ。何事も楽にできた方がいいもの。今回はそうした方が、あなたにとっても私にとっても都合が良かったってことね》

分かったような分からないような。でも今は、こちらとしても都合が良いです。

《今回は特例よ。まさか主神が私の知らない間に賢者を見つけて、こっそりあのスキルを付与していたなんて。主神の独断もだけど、それを把握していなかった私の責任でもあるわ。少女の運命を勝手に弄《いじ》ったんですもの。せめてフォローくらいしないとね》

ありがとうございます、魔神様！

《さっきも言ったけど特例よ。いつも助けてあげるわけじゃないから、勘違いしないでね。語り掛けも結構神の力を使うから大変なのよ》

はい、分かりました。肝に銘じます！

《よろしい。じゃ、あとは任せるわ。『魔導書』を行使すれば、管理システムが自動的に起動するから大丈夫よ。私はまだお仕置きが残っているからもう行くわね》

（ゆ、ゆるして！　魔神ちゃん！　もう限界だよおおおおお！）

《許すわけないでしょ……ちょっと『冥神』ちゃーん。この前造ったっていう、特製のアイアンメイデンあったでしょ？　あれ、ちょっと貸してちょうだい》

（いやいやいや！　ダメ、ダメ！　あれはダメ！　マジ死ぬ、マジ死ぬから！）

《ええ、一度死になさい。生まれ変わって今度は真面目な主神様になってね》

（やめて、やめて！　いやあああああ！　マジ死ぬって！　……ぎゃあああああああ！）

……南無、主神様。

『サポちゃんより報告。固有スキル『識者の眼』『チュートリアル』がオフラインになりました。サポちゃんより以上』

えーと、マジでご臨終《りんじゅう》ですか？　サポちゃん、オフラインってどういう状態？

『サポちゃんより報告。『識者の眼』は一時機能停止。『チュートリアル』は一時運命制御停止状態です。サポちゃんは現存情報からのみサポートが可能です。サポちゃんより以上』


何かインターネットみたいなシステムだな。

この固有スキルは常に主神様と繋がっていないと使えないスキルってことか。

サポちゃんだけは、更新できないけどある程度使えると。

主神様、本当に死んじゃったのかな。いやいや、多分魔神様の冗談で、しばらくすれば復旧するでしょ。……二人には言わないでおこう。無駄に心配させたくない。

「二人とも大丈夫？」

俺が固まったままの二人に声を掛けると、クロード達はやっと再起動した。

「ヒビキ様、魔神様はなんと？」

「えーとね、主神様が迷惑かけたからなんとかしてくれるって言ってた」

「ご主人さま、わたし、あぶないの、取れるの？」

「取れはしないけど安全になるよ。『魔導書』ってスキルで、『神域の暴流』を制御できるように魔神様がしてくれたんだ」

「おお！　なんと慈悲深い！　魔神様は魔導士に大変お優しい神だと聞いておりましたが、ここまでしてくださるとは」

「そ、そうだね」

確かに魔導士《リリアン》には優しかったね。主神様にはアレだけど。

「じゃあさっそく試してみよう。『魔導書』発動！」


【技能スキル『魔導書レベル１』を行使します】


ポン！

「うわ！」

「きゃっ！」

「何だ！」

スキルを発動させたら、目の前で何かが弾けて小さな煙が立ち上った。

その煙の中から白い物が落ちて、地面をコロコロと転がる。

「何かな、これ？」

「……まるいの」

「毛玉？　……のような」

小さな真っ白いふわふわの毛玉。毛玉はもぞもぞと動くとバッと広がって、四本足とシッポ、そして頭が出てきた……真っ白なネコだった。

「こんちゃーにゃ！」

ネコさんがしゃべりました！

「………」

「あれ？　こんちゃーにゃ！」

白ネコさんはもう一度挨拶（？）をした。

「えーと、こんにちは？」

「そうにゃ！　こんちゃーにゃ！」

どうやら「こんにちは」と言っているつもりらしい。

「かわいいの」

リリアンはネコが気に入ったのか、抱き上げて首筋をくすぐり始めた。

「ごろろろっ！　ダ、ダメにゃ！　あ、ああ！　そこはダメにゃ、はぁ〜」

かわいいいいいい！　白ネコさんも満更でもないご様子！

「えーと、君は？」

ネコさんに尋ねながら、俺もついにやけてしまう。恐るべしネコの魔力！

「ごろろ。ヴェネの名前はヴェネって、ごろろ、いうにゃ。魔神様に、ごろろ、言われてこの子の魔法を、ごろろ、うーん、ごろろろ。もっとこっちもしてにゃ〜」

「リリアン、やめなさい。話が進まないぞ」

リリアンがいつまでも白ネコのヴェネをくすぐっているので、クロードが注意した。なぜだかクロードの機嫌が若干悪いような……？

「ごめん、なさいなの」

リリアンはヴェネを放したけど名残惜《なごり》しそうだ。確かに可愛いいので気持ちは分かります！

「リリアンは白ネコさんが気に入ったみたいだね。俺も可愛いネコさんにメロメロになりそうだよ」

——ギリリッ！

「い、いま何かすごい音がしなかった？」

クロードの近くで変な音がした。振り向いたけど特に何もない。クロードも平然としている。

「……いいえ、私は特に何も聞いておりません」

「そう、それで可愛いネコさんは何でここにいるの？」

——ギリリリッ！

俺はバッとクロードの方を向いた。やっぱり音がした！

でも、特に変わった様子はない。強《し》いて言うなら、クロードが顔をしかめて不機嫌そう、というくらいだ。

「どうかしたの、クロード？」

「いえ、私は何ともありません。どうぞ話をお続けください」

「う、うん、分かった」

とりあえず話を続ける。

「それで、ネコさんは何なの？　俺の『魔導書』は？」

「ヴェネが『魔導書』にゃ！」

自分が『魔導書』ってどういう意味だろうか？　俺は首を傾げて怪訝そうな顔をした。

「ヴェネは魔神様がお創りになった偉大なる聖獣にゃ！　魔神様のご命令で、リリアンちゃんの魔法の先生と魔力の制御を命じられたのにゃ！」

なんと、俺の『魔導書』はネコさんになってしまったのか⁉

「ネコさんがリリアンに魔法を教えてくれるの？　あと『神域の暴流』の制御も？」

「その通りにゃ！　『魔導書』の内容はヴェネが全部知っているのにゃ！　固有スキルの管理権限も魔神様から借りたから大丈夫にゃ！　任せるにゃ！」

多分真剣な話をしているはずなんですけど、この白ネコさん、何やっても可愛いな！

抱っこしたい！　撫でたい！　お腹に乗っけて眠りたい！　ああ、ついついにやけてしまう！

「……クソネコめ。誰にでも媚《こ》びを売る◯◯が」

俺はバッとクロードへ首を急旋回させた。クロードはいつも通りの表情だ。

「今、何か言った？」

「……いいえ、特に何も言っておりません」

クロードに変わった様子はない。幻聴だろうか……。

「そうか、俺の気のせいみたいだね」

クロードがあんな放送禁止用語みたいなこと、言うはずない。

「それで、ネコさんはどうやって、リリアンの魔法の先生と魔力制御をするの？」

「魔法は普通に教えてあげるにゃ！　でも魔力制御はご主人さまにも手伝ってもらうにゃよ？」

「ご主人さま？　俺のこと？」

「『魔導書』を使ってるのはご主人さまだから、ご主人さまがヴェネのご主人さまにゃよ？」

「そうなんだ。よし、ならネコさん改めヴェネちゃん、こっちにおいで。抱っこしてあげよう！」

俺は両手を広げてヴェネちゃんを迎え入れた。

「ヴェネは男の子にゃ！　ちゃん付けはやめてほしいにゃ！」

そう言いながら、ヴェネは俺の膝の上でゴロゴロと寝転がった。

俺はそんなヴェネくんを優しくナデナデしてあげた。至福の手触り！

「了解！　ヴェネくん、よろしくね」

「はいにゃ！　それじゃあご主人さまを探検するにゃ！」

ヴェネくんは俺の膝を離れ、腰を回り背中を登って俺の肩に乗ったり、頭の上にお腹を乗せてブラブラしたりと、とても可愛らしい仕草を披露した。

「こらこら、ダメだよ、ヴェネくん、あはは」

「ずるいの！　ご主人さま、わたしも肩乗りしてほしいの！」

「順番にゃ〜。ご主人さまを堪能したら、リリアンちゃんにも乗っかるにゃ〜」

聞かなきゃいけない事はたくさんあるけど、ネコの魅力には勝てないわけで、俺達二人と一匹は和気あいあいと楽しんでいた。

後ろで爆発寸前の狼さんがいたことに、俺達は全く気が付いていなかった。

――ギリリリリリリリリリッ！

……ブチ。

「貴様あああああ！　いつまで我が主にへばり付いているつもりだ！」

「にゃ、にゃにゃにゃ⁉」

なぜかクロードがキレてしまった。マジ切れです。

ヴェネくんはクロードがキレてしまった。とんでもない音量の怒声を浴びせられた。

クロードは、今まで見た中で一番感情をむき出しにして怒っていた。

「お、おみゃあ、ヴェネは聖獣にゃよ⁉　こんなことして……」

「聖獣だと思って我慢していれば！　我が主を誘惑し、あまつさえその肌に無遠慮に触れ、主を敬う姿勢も無し！　このような輩を主のおそばに置いておけるか！」

「ク、クロード⁉」

「クロさん⁉」

クロードの言っていることがよく分からない。でもそれどころじゃないかも。ヴェネくんがにゃあにゃあ言いながらもう涙目だ。

「クロード！　落ち着い……」

「私だって！　私だって！　まだご主人様に一度も撫でてもらっていないのに！　今出てきたばかりの貴様がなぜ先に撫でてもらえるのだ！」

心の叫びが聞こえました。クロードはぽろぽろと涙を溢《あふ》れさせ、マジ泣きしていた。

「クロード？」

泣いていたクロードは呼ばれて我に返ったのか、真っ黒な顔を蒼白にさせて俺を見た。ヴェネを放り投げ、見事な速さと滑らかさで地面に頭と膝をつけ『土下座スタイル』になる。

スキル欄に『土下座』ってあったかな？　と思うほどスムーズな動きだった。

「えーと、クロードは俺に撫でてほしかったの？　それにご主人様って……」

クロードは本日二度目の「申し訳ございません」を連呼し始めた。意外と粗相《そそう》の多いワンコだ。

……て、ダメダメ。クロードはワンコじゃ……あれ？　でも……。

「クロード、ヴェネくんにヤキモチ妬いたの？」

クロードがそれはそれは大きくビクッと震え上がった。

もともと飼っていたワンコの元に、新しいペットのネコがやって来た。ご主人様は新しいペットに夢中になりワンコに見向きもしない。

ワンコは元の地位を取り戻すべく、邪魔なネコを排除しようと動き出した！

そんな構図にしか見えない！

やだ、何そのシチュエーション！　キュンとなった！　ワンコ飼いたい！

ふう、いけないいけない。

いくらワンコに似ていてもクロードは獣人、人間なんだからペット扱いは良くない。まあでも、解決策はひとつだよな。

「クロード」

俺が呼ぶと、クロードはもう一度ビクッと震えたが、頭は地面に擦り付けたままだ。

「気づかなくてごめんね。撫でてあげるからこっちへおいで」

クロードは驚愕の表情でバッと顔を上げると、勢いよく飛び上がり俺の前に跪いた。

ピシッと跪いているその姿はまさに俺の騎士。しっぽはこれでもかというくらいの勢いで振られていた。物凄く期待されているのを感じる。

俺は右手をそっとクロードの頭に乗せる。クロードは一瞬ビクッとなったが、すぐに落ち着いた。

なでなで、なでなで、なでなで。

ヴェネくんの毛はふわっふわの繊細《せんさい》な手触りで、綿毛のようにふかふかの柔らかさだった。

対してクロードはかなりの剛毛だ。一本一本の毛がしっかりと立っており、それぞれが自己主張している。しかし毛並みは揃っているので煩《わずら》わしくなく、すっと指が通る。

まさにワンコを撫でている感触！

クロードは眠そうに目を細めて、俺に全てを委ねていた。その顔は、飼い主に撫でられて蕩《とろ》けた顔をするワンコそのものだった……。

ああ……ワンコ、マジ可愛い！

衝動を抑えられず、俺はクロードに飛びついた。

「ヒ、ヒビキ様!?」

慌てて俺を呼ぶクロード。だが俺はそれを無視して抱きついたままだった。

俺は今、全力でワンコを堪能しているのだ！　誰が放すものか！

今日からクロードは俺の『脳内ワンコ』に決定しました！

流石に獣人のクロードをペット扱いするわけにはいかない。

クロードには普通に振る舞ってもらっておいて、それを俺がワンコとして脳内補完することでこのワンコ欲求を満たすのだ！

我ながらいいことを思いついた。ふぅ、ワンコの毛並みを今、全身で堪能中！

クロードはというと、固まって動かないけど表情は心なしか嬉しそうに見える。とりあえず機嫌は直ったみたいだな。良かった、良かった。

「ふう、満足した。じゃあクロード、ヴェネくんの話を聞こうか？　ちゃんとさっきのこと謝らないとダメだからね」

俺はクロードから離れてそう諭《さと》したけど、クロードは憑《つ》き物が落ちたように穏やかな表情になり、俺の言葉にしっかりと返答をした。

「先程は大変見苦しいところをお目にかけ、申し訳ございませんでした。……聖獣ヴェネ様、ご無礼をお詫びいたします。申し訳ございませんでした」

ヴェネくんはリリアンに抱っこされて慰められていた。だが、なぜかヴェネくんは俺達を見て放心したような顔をしていた。

クロードの謝罪も、聞いているんだか聞いていないんだか分からない。

「よかったの、クロさん、ヴェネちゃんと、仲直り」

「ああ、すまなかったな、リリアンも」

リリアンとクロードは優しく微笑み合った。

とりあえず険悪な雰囲気が消えて本当に良かった。

あとはヴェネくんに『神域の暴流』の制御方法を教えてもらえれば街に帰れるな。

「ごめんね、ヴェネくん。それじゃあ魔力制御の方法を教えてくれるかな？」

「…………」

「ヴェネくん？」

「ヴェネちゃん？」

「ヴェネ様？」

「なんなのにゃ……」

「？」

「お前ら一体なんなのにゃあああああああああああ！」

なぜかヴェネくんに、さっきのクロード並みの大声で怒られた。

なぜだ、ヴェネくん⁉

ヴェネくんのお叱《しか》りは夕方近くまで掛かった。閉門ギリギリなんだけど……。

「こんなアホな理由で癇癪《かんしゃく》を起こすんじゃないのにゃ！　反省してほしいのにゃ！」

「「申し訳ございませんでした！」」

少々理不尽な気もするけど、俺とクロードは誠心誠意謝罪した。

イッツ土下座スタイルです！　クロードは手慣れたもので、流石に俺は初体験だった。

何度も謝罪してようやく許してもらい、リリアンの魔力暴走スキル『神域の暴流』を制御する方法を教えてもらうことができた。

リリアンの魔力制御の方法は、ヴェネくんに俺の血を提供することだった。

また、痛いやつだ。

魔力制御の操作はヴェネくんの仕事だけど、最終責任者は『魔導書』の行使者である俺らしく、それを登録するために俺の血が必要らしい。

「えーと、血じゃなくて唾液じゃやだめ？」

「「血で！」」

なぜかクロードとリリアンに、思いっきり血を要求された。なんで？

残念ながらヴェネくんからも血じゃないとダメだと言われた。奴隷契約ならいざ知らず、魔神様との正式な契約だから血じゃないとダメらしい。

クロードとリリアンはなぜか物凄くほっとしていた。だからなんで!?

という訳でリリアンの魔力制御は割と簡単に完了した。

まさかヴェネくんが俺の指をガブッと噛んで採血するとは思わなかったけど。

針で刺すよりよっぽど痛いんですけど!?

「ヴェネだって口の中に血の味がして美味しくないのにゃ。お互い様にゃ！」

えー、噛まれたうえに不味いとか言われちゃったんだけど？　地味にショックだ。

まあ、そういうわけで、リリアンのＭＰは必要だからそのままにして、魔法攻撃力は一割単位で制御可能らしいので、最低ラインである一割にまで魔力を抑えてもらった。

まずは今の状態で訓練をして、段階的に解放していくという。

「じゃあ街に戻ろうか？」

そう言ったところで、まさかのサプライズが起きた。

――ガチャンッ！

立ち上がったリリアンから奴隷の首輪が外れ、地面に落ちたのだ。

ヴェネくんを除く俺達三人は何が起こったのか分からず、呆然とした。

「あれ？　言い忘れてたかにゃ？　魔神様が『恩赦』でリリアンちゃんの隷属魔法を解除してくれたにゃよ？」

ヴェネくんは不思議そうな顔で俺達を見ていた。

いや、聞いてないからね！

でもまさかの魔神様の『恩赦』！　ご都合主義万歳！

魔神様ありがとう！　愛してます！

「あんな可愛らしい女の子を男の奴隷にしておいたら、何をされるか分かったもんじゃないって言ってたにゃ。よかったにゃ、リリアンちゃん！」

「うん、ありがと、ヴェネちゃん」

「だから、ヴェネは男の子にゃよ、リリアンちゃん！」

笑い合うリリアンとヴェネ。良かったね、リリアン。本当によかった。

でも魔神様、さっきの『愛してます！』は取り消しでお願いします。

あとヴェネくん、多分その話はオフレコだったと思うよ？

俺とクロードは楽しそうな少女と白ネコを、微妙な笑顔で眺めていた。

これからヴェネくんは俺とリリアン、主にリリアンに魔法を教えてくれるらしい。

楽しみだね！

◆◆◆

街に戻った翌日、みんなで装備屋へ向かった。

クロードとリリアンの装備を整えるためだ。

林から街に戻る際も俺以外は丸腰だったから、俺はクロードにロングソードを貸して、護衛をしてもらったのだ。何事もなくて本当によかった。

まずはリリアンの装備を買いに、先日俺がお世話になった初心者冒険者向け装備屋に向かう。

二人にも冒険者として登録してもらう予定だ。

元々経験のあるクロードと違って、リリアンは俺と同じ初心者。

まずは初心者用の装備にして、徐々に装備を目利きできるようになった方がいい、とクロードに教えてもらった。

他人が見繕った装備を身に着けるだけでは、冒険者としての成長は望めないそうだ。

クロードは優しい家庭教師系かと思ったけど、意外とスパルタ師匠系なんだろうか？

「ご主人さま、似合う？」

「よく似合っているよ、リリアン！」

「ふふ、ありがとう、ご主人さま」

恥ずかしそうに、そして嬉しそうにクルリと回転して新しい装備を見せてくれるリリアンは、とても可愛かった。クロードとヴェネくんも優しい目をしている。

リリアンには装備屋で小ぶりのスタッフと、銀糸の刺繍《ししゅう》が入った深緑色のローブを購入した。似合うローブがあって良かった。

このローブ、デザインだけでなく生地自体も他のローブより上等で丈夫らしい。初心者装備屋にしてはかなり上等なもののようだ。

そしてお高かった。このローブだけで金貨二十五枚！

何でそんな物がこの店にあるのか店主に聞いたら……。

「そりゃあ、お前みたいな客がたまにポンと買ってくれるからだ。ガハハ！」

……まあ、リリアンにいい物が買えたから良しとするけどね。

ちなみに、ローブの下の服はここには売っていなかったので、近くの服飾屋で古着のチュニックとズボンを購入した。

ワンピースとか、もっと女の子らしい可愛い服にしたかったけど、クロードに止められた。動きやすい服装が最優先らしい。

残念だけどそう言われると仕方がない。靴も履き心地のいいしっかりしたブーツを買った。

足元って大事だと思う。メイズイーターの草原を歩いてホントに思った。

さて、次はクロードの番だ。クロードの装備は一般冒険者向けの装備屋で購入する。さすがに初心者向けの店では欲しい装備は見つからなかった。

「クロードはメインの武器は何なの？」

「私のメイン武器は槍です」

槍？　剣じゃないんだ。『勇者』って剣で戦うイメージがあったから、てっきり剣だと思ってたよ。槍で戦うクロードか……結構似合ってるんじゃない？

「私の体格ですと、長槍の方が扱いやすいのですよ。もちろん、槍だけでは場所によっては使えない時もありますので剣も必要ですが」

というわけで、武装屋でクロードが求めた武器はメイン武器の槍、腰に帯剣するロングソードと魔物解体用の短剣だった。

「鎧はどうする？」

「攻撃は基本かわしますので、急所が守れる程度の軽装で十分です」

そう言ってクロードが選んだ防具は、確かに軽そうだった。胸元を守るだけのコンパクトな金属鎧で、表面は銀メッキでコーティングされ、縁には赤いラインが入っている。

全身真っ黒なクロードと白銀の鎧は、思いの外馴染んでいた。うん、すごく格好いい。

「よく似合っているけど、お腹は守らなくていいの？」

「はい。そこまで覆うと動きにくくなるので不要です」

クロードの戦い方はスピード重視のため、動きにくい鎧は邪魔なんだそうだ。

あの巨体で速度重視なんだ……他には金属製の籠手、脛当て、あと帯剣するためのベルトを購入した。

「鎧の下に服とかは着ないの？」

クロードは身体に直接鎧を着込んでいた。これって正しい装備の仕方なのかな？

「問題ありません。むしろあまり着込むと、その、暑いのです」

クロードは若干困ったように、俺の質問に答えた。

ああ、納得。ヴェネくんも「その通り」と言わんばかりに何度も頷いていた。

さて、これで全員の装備が整ったかな？　じゃあそろそろ冒険者ギルドへ……。

「ご主人様、ヴェネも何か欲しいのにゃ！」

「え、ヴェネくんも？」

「みんなばっかりずるいにゃ！　ヴェネも何か欲しいにゃ！」

ヴェネくんは装備屋の棚に大事そうに保管されていた、赤い宝石がついた青色の首輪をねだった。

正確にはベルト式の腕輪らしい。

仕方ないので購入したら、金貨十五枚もした。

冒険者向け装備屋に、なぜこんなアクセサリーが売られているのか聞いたら……。

「お前みたいに女連れで来た冒険者が見栄を張って貢《みつ》ぐ時に買ってもらうためさ！　まさかネコに貢ぐとは思ってなかったがな。ガハハ！」

二軒の装備屋の店主達は兄弟らしい。なんか、違うんだけど、ぼったくられた気分だ。

「さて、今度こそ冒険者ギルドに行こうか！」

「承知いたしました、ヒビキ様」

「了解にゃ！」

「はい、ご主人さま」

「……そういえば。リリアン、その『ご主人さま』って、やめない？」

リリアンはキョトンとしている。よく分かっていないらしい。

「リリアンはもう奴隷じゃないんだから、俺を『ご主人さま』って呼ばなくていいと思うよ？」

「……ひびき、さま？」

「何か違う気がするにゃ？」

ヴェネくんから待ったが掛かった。でも俺もそう思う。

何て呼んでもらうのがしっくりくるかな？

「んー？　……あ！　じゃあ、お兄ちゃん！」

「「え？」」

「あ、それいいね！　そうしよう！」

「「ええ!?」」

「うん！　よろしくね、お兄ちゃん！」

「よろしく、リリアン」

「「えええ⁉」」

なぜか後ろが騒がしいな？

名前で呼ばれるより『お兄ちゃん』って呼んでもらう方がしっくりきた。リリアンも嬉しそうだ。

笑顔のリリアンと手を繋ぎながら歩き出した。

「じゃあ、冒険者ギルドに行こう。ギルドに二人を登録しなくちゃね！」

リリアンは大きな声で「うん！」と答えた。あれ？　後ろの二人から返事がない。

「クロード、ヴェネくん、ギルドに行くよ？」

「は、はい、ヒビキ様」

「うーん、まあ、リリアンちゃんがいいなら……でも、なんだかにゃ～」

なぜかクロードもヴェネくんも微妙な顔をして、歯切れの悪い返事だった。

そういえば、さっきはどうして二人とも騒いでいたんだろう？　……よく分からないや。まあ、いいか。

全ての準備を終えた俺達は、これから冒険者ギルドへ向かう。

さあ、冒険するぞ！　できれば安全に！

大人気小説「月が導く異世界道中」が
PCブラウザゲーム化！
月が導く異世界道中
Tsuki ga michibiku isekai douchu
新たな魔人と共に紡ぐ、
もう一つの「月導」
月が導く異世界道中 PC online game
2017.SPRING
coming soon!!
©Kei Azumi ©AlphaPolis Co., Ltd. ©FUNYOURS Technology Co., Ltd. キャラクター原案：マツモトミツアキ・木野コトラ

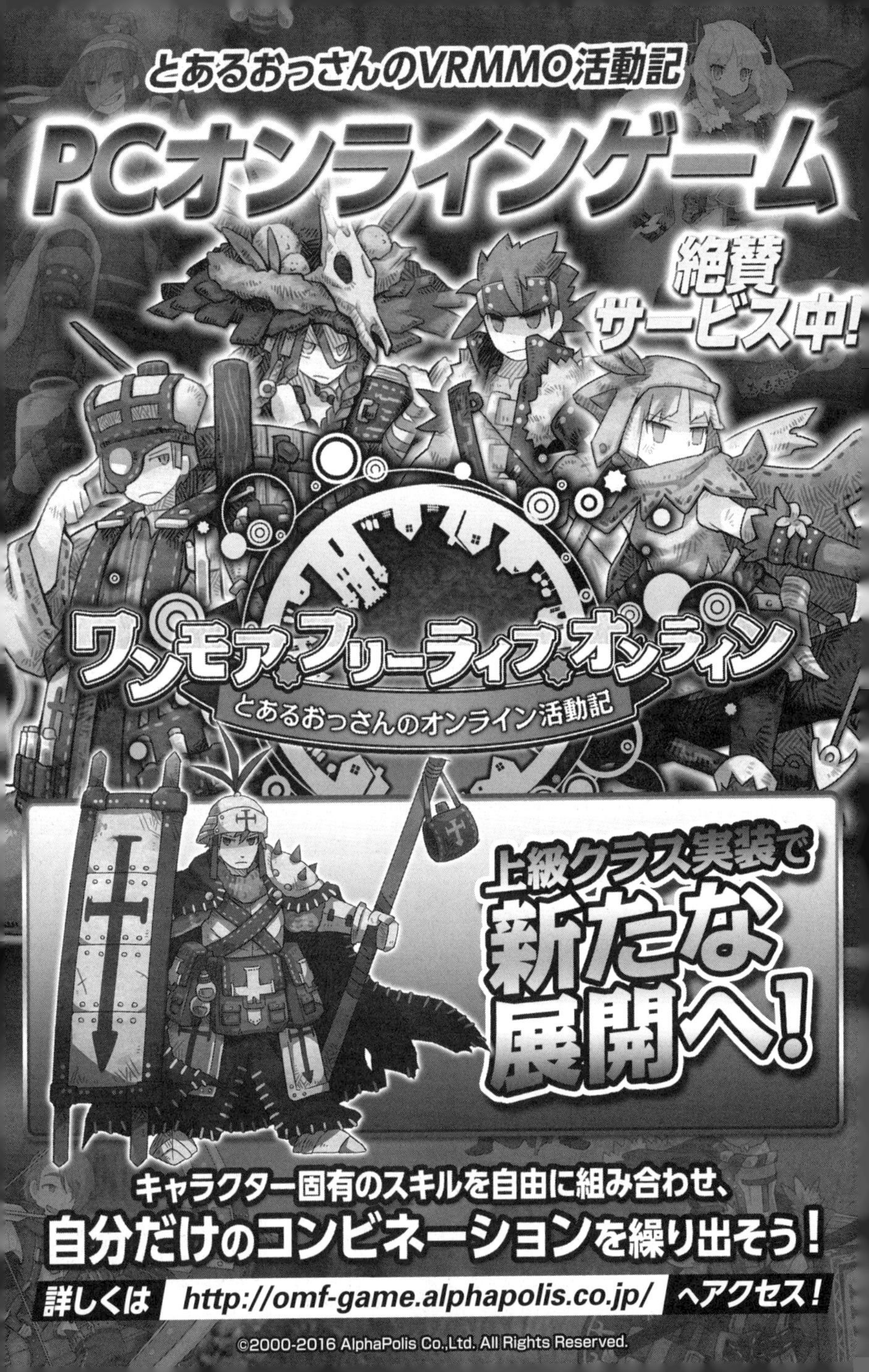
とあるおっさんのVRMMO活動記
PCオンラインゲーム
絶賛サービス中!
ワンモア・フリーライフ・オンライン
とあるおっさんのオンライン活動記
上級クラス実装で
新たな
展開へ!
キャラクター固有のスキルを自由に組み合わせ、
自分だけのコンビネーションを繰り出そう!
詳しくは http://omf-game.alphapolis.co.jp/ へアクセス!
©2000-2016 AlphaPolis Co.,Ltd. All Rights Reserved.

Re:Monster
ゲームアプリ解放《リリース》中!!
60万ダウンロード突破!
※2017年2月21日時点
App Store無料ランキング（ゲームカテゴリ）2位!
※2016年2月25日時点
Google Play™ 国内アプリ新着無料ランキング3位!
※2016年2月26日時点
おかげさまで誕生1周年!
喰えば喰うほど強くなるRPG!
Re:Monster
リ・モンスター
～ゴブリン転生記～
書き下ろしマンガも公開中じゃよ
詳しくは
http://remonster.jp/
にアクセス!
【Android】Google Play
【iOS】App Store
で好評配信中!
携帯サイトはこちらから!
©Kogitsune Kanekiru ©AlphaPolis Co., Ltd.

最強《さいきょう》の職業《しょくぎょう》は勇者《ゆうしゃ》でも賢者《けんじゃ》でもなく鑑定士《かんていし》（仮《かり》）らしいですよ？

2017年3月1日初版発行

著者：あてきち

福井県在住。趣味はウォーキングと猫いじりで、飼い猫を撫でては噛まれる毎日。本作『最強の職業は勇者でも賢者でもなく鑑定士（仮）らしいですよ？』でアルファポリス「第9回ファンタジー小説大賞」優秀賞を受賞し、2017年出版デビューを果たす。

イラスト：しがらき

http://sshigaraki.web.fc2.com/

本書はWebサイト「アルファポリス」（http://www.alphapolis.co.jp/）に投稿されたものを、改稿、加筆のうえ書籍化したものです。

編集－宮本剛・太田鉄平
編集長－塙綾子
発行者－梶本雄介
発行所－株式会社アルファポリス
〒150-6005東京都渋谷区恵比寿4-20-3恵比寿ガーデンプレイスタワー5F
TEL 03-6277-1601（営業）03-6277-1602（編集）
URL http://www.alphapolis.co.jp/
発売元－株式会社星雲社
〒112-0005東京都文京区水道1-3-30
TEL 03-3868-3275
装丁・中面デザイン－AFTERGLOW
印刷－中央精版印刷株式会社
価格はカバーに表示されてあります。
落丁乱丁の場合はアルファポリスまでご連絡ください。
送料は小社負担でお取り替えします。

ISBN978-4-434-23014-1 C0093